CB040397

Luciana Sandroni

Ludi na Floresta da Tijuca

Com a ilustre participação do Major Archer,
de Maria, Matheus, Eleuthério, Constantino, Manoel,
Leopoldo e dos "abomináveis" barões do café!

ILUSTRAÇÕES DE
EDUARDO ALBINI

Grafia atualizada segundo o Acordo Ortográfico da Língua Portuguesa de 1990, que entrou em vigor no Brasil em 2009.

Preparação de originais: Bia Hetzel
Tratamento de imagens: Jaqueline Gomes
Revisão tipográfica: Gabriel Machado, Sheila Til e Fernanda A. Umile

Dados Internacionais de Catalogação na Publicação (CIP)
(Câmara Brasileira do Livro, SP, Brasil)

Sandroni, Luciana
Ludi na floresta da Tijuca / Luciana Sandroni ; ilustrações de Eduardo Albini. — 2ª ed. — São Paulo : Escarlate, 2022.

ISBN 978-65-87724-23-2

1. Literatura infantojuvenil I. Albini, Eduardo. II. Título.

22-126167 CDD-028.5

Índices para catálogo sistemático:
1. Literatura infantil 028.5
2. Literatura infantojuvenil 028.5

Cibele Maria Dias — Bibliotecária — CRB-8/9427

2ª edição
1ª reimpressão

SDS EDITORA DE LIVROS LTDA.
Rua Bandeira Paulista, 702, cj. 71
04532-002 — São Paulo — SP — Brasil
(11) 3707-3500
www.companhiadasletras.com.br/brinquebook
www.blogdaletrinhas.com.br
/brinquebook
@brinquebook

SUMÁRIO

NO MUNDO DA LUA

O ÚLTIMO VERÃO NÃO DEIXOU SAUDADES. No "Rio de Janeiro, fevereiro e março" fez um calor daqueles de arrancar os cabelos. As pessoas derreteram que nem sorvete. Sol, suor e... sensação térmica de 50 graus! A cidade parecia até o Deserto do Saara. Tanto que "Allah-la-ô", um antigo sucesso do Carnaval, de Haroldo Lobo e Antônio Nássara, voltou a tocar nas rádios:

Mas que calor...

Praias lotadas, tipo ninguém entra, ninguém sai. Filas nas cachoeiras, filas para as piscinas de plástico, "a alegria da garotada!", e, acredite quem quiser, filas até para o banho de mangueira na casa da vovó!

O que mais se temia era a falta d'água. Nos bancos de praça aquele era o assunto do dia.

— Os reservatórios já chegaram ao limite!

— Vai ter racionamento, com certeza. Não chove uma gota desde dezembro!

No trânsito, os taxistas eram os mais antenados:

— Essa chuvinha de ontem não valeu, minha senhora. Tem que chover nos mananciais, lá nas cabeças dos rios, isso sim.

E lá vinha mais uma vez a marchinha de fundo musical:

Mande água pra ioiô...

Mas... e a família Manso, como será que passou o último verão? Ligando o ar-condicionado ou usando um leque à moda do Império? Por incrível que pareça, o calor sem trégua não foi a grande questão dos Manso. Você arriscaria um palpite? O preço da água de coco? A imobilidade urbana? A violência na cidade? O novo bota-abaixo no Centro? Nada disso. A grande novidade da nação para nossa querida família foi o namoro da Marga.

Margarida passou o verão no mundo da lua. Cantava e sorria pelos cantos.

Não reclamava dos preços do tomate nem da banana. Estava aérea, tão distraída que uma vez até deixou o feijão queimar.

— Ih, desculpa, dona Sandra, não sei onde é que eu ando com a cabeça.

— Que é isso, Marga, acontece...

Até que um dia, Ludi, a nossa marquesa, percebeu que ali tinha coisa. A menina chegou em casa e, como sempre, virou a sala de pernas para o ar: largou os tênis e a mochila em qualquer canto, se jogou no sofá e ligou a tevê com o volume nas alturas. E a Marga, em vez de ter um faniquito e dizer uns impropérios, só perguntou:

— Oi, Ludi, tudo bem? Como foi na escola?

A menina franziu a testa, intrigada.

— Marga, você *tá* bem?

— Estou ótima, obrigada — respondeu e voltou a cantarolar: — Lá-ri-lá-rá-lá-rá-rá...

À noite, a marquesa comentou:

— Mãe, a Marga *tá* estranha... Hoje, quando eu cheguei e joguei a mochila no chão, ela não me deu bronca nem nada.

— Bom, vai ver ela já desistiu, né, filha?

— É, mas pra mim a Marga *tá* namorando.

Dona Sandra parou de procurar o celular na bolsa e se virou para a filha estreitando os olhos, como se não estivesse enxergando muito bem.

— Como é que é, Ludi?

— É isso mesmo. A irmã da Camila *tá* namorando e ela me contou que, depois disso, a irmã nunca mais deu bronca e *tá* sempre assim, meio boba, igual à Marga.

— Que ideia, Ludi! É claro que a Margarida não *tá* namorando.

— Ué, claro por quê?

— Ora, porque... ela teria me contado.

No dia seguinte, porém, dona Sandra percebeu que a filha tinha razão. A Marga era outra: alegre, sorridente e até mais bonita.

— Bom dia, dona Sandra! A manhã está linda, a senhora já viu?

Entre um gole de café e outro, intrigada com todo aquele bom humor, a mãe da Ludi perguntou:

— Que alegria toda é essa, Marga? Viu passarinho verde?

Margarida ficou corada de vergonha. Tentou disfarçar, mas não conseguiu.

— Eu? Passarinho verde? Ééé... não... é que... *tá* sol, né?

Por mais que se esforçasse, fizesse curso, mestrado, tudo, a Marga não aprendia a mentir.

— Ih, agora eu fiquei curiosa. É uma paquera?

Marga arregalou os olhos, espantada, e depois confessou:

— Dona Sandra, eu... eu... *tô* namorando.

Dessa vez, foi a mãe da Ludi que ficou pálida.

— Namorando?! Como assim? Você não me contou nada! Quem é ele?! Como é que vocês se conheceram? O que ele faz?

A cozinheira ficou confusa com aquela avalanche de perguntas. Dona Sandra parecia até a mãe dela, ou pior, o pai!

— Calma, dona Sandra, eu sei me cuidar e é só um namoro. Eu ia contar pra senhora... E, pra falar a verdade, a gente nem se conhece direito... Mas, pensando bem, parece que eu conheço o Herculano há tanto tempo... — disse, suspirando. — Sabe que ele gosta muito de planta, jardinagem, essas coisas?

— Herculano? Mas vocês estão namorando ou não?

— A gente já se encontrou duas vezes. Fora isso, só por telefone e por *e-mail*.

Dona Sandra ficou de boca aberta. Pelo que ela sabia, a Margarida fugia do computador feito gato de água fria, e agora essa novidade.

— Lembra que eu fui numa festa de aniversário da Gi, da Gislene do 304, lá na casa da mãe dela, na Pavuna?

— Claro. Lembro.

— O Herculano é primo da Gi. A gente se conheceu na festa, aí começamos a conversar e... não paramos mais. Foi assim.

Dona Sandra ficou surpresa com aquela notícia. Não sabia se dava os parabéns ou se tentava saber mais sobre a novidade, pois ficou muito curiosa. Preferiu a segunda opção.

— E o que ele faz? Quantos anos ele tem? Onde ele mora?

— O Herculano é um ótimo encanador, quer dizer, bombeiro hidráulico. Ele tem 50 anos, é viúvo e mora na Tijuca.

— E o que mais? Como é a família dele?

— O Herculano é da paz e superfamília. Ele até já me mandou uma foto com as duas filhas e os cinco netos.

— Sei... e quais são as intenções dele, Marga? — Dona Sandra respirou fundo e tentou ser mais delicada: — Vocês estão namorando há quanto tempo?

Marga começou a fazer as contas com os dedos.

— Três semanas e... quatro dias!

— E já marcaram algum novo encontro?

— A gente vai fazer um piquenique na Quinta da Boa Vista. Ele adora parque, jardim, tudo que tenha planta, flor, árvore.

— Sei...

Finalmente, dona Sandra deu por encerrado o interrogatório e deixou Marga em paz. Porém, desde que saiu de casa, só tinha duas preocupações na cabeça: quais seriam as verdadeiras intenções desse tal Herculano? Ele seria a pessoa ideal para fazer a Marga feliz?

LÁ VEM A NOIVA!

A caminho do trabalho, dona Sandra resolveu ligar para o marido.

— Marcos, temos novidades!

— Caramba! A Ludi aprontou?

— Não, não foi a Ludi. É que a Margarida está namorando!

— Que bom! Bem que eu notei que ela estava um pouco diferente...

Dona Sandra se deu conta de que ela não enxergava mesmo um palmo diante do nariz: todo mundo sabia da novidade, menos ela.

— O nome dele é Herculano e ele é encanador, quer dizer, bombeiro hidráulico.

— Opa! Quem sabe a gente consegue um desconto e troca o encanamento?

— É sério, Marcos. E se ele for um... aproveitador, um assassino... um...

— Ah, Sandra, você está assistindo a muita novela!

No *Correio Carioca*, mesmo com os gritos do Pacheco e com a confusão da redação, a jornalista não se desligava da preocupação com sua fiel escudeira.

“Quem será esse Herculano? Um bom sujeito ou um sacripanta? Um cidadão honesto ou um salafrário? E se ele for uma boa pessoa? Afinal, ele é primo da Gislene... É isso, Sandra, pensamento positivo! A Marga está tão feliz... Por que pensar no pior? É isso mesmo, puxa vida, a minha Margarida querida finalmente namorando e eu aqui criando problemas.”

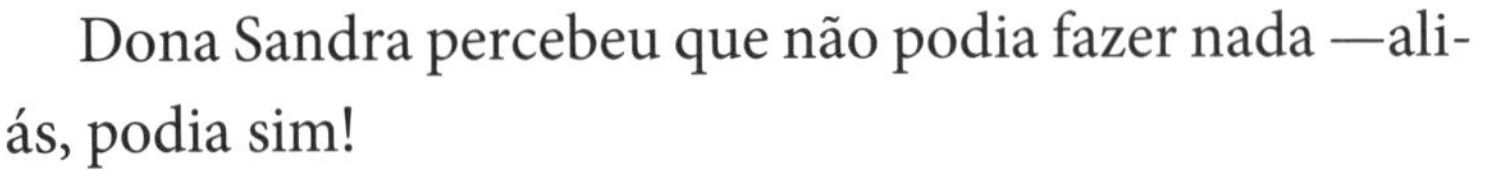

Dona Sandra percebeu que não podia fazer nada —aliás, podia sim!

— Vou comprar um *smartphone* pra ela! — disse, pensando alto no meio de uma reunião de pauta.

— Sandra, acorda! Nós estamos falando da greve dos professores, da greve dos motoristas, da greve dos... Quem mais está em greve mesmo? — atrapalhou-se o editor.

A jornalista aproveitou o horário de almoço e foi ao Edifício Avenida Central comprar o “celular esperto” em vinte vezes sem juros. Quando chegou em casa com a sacola, foi uma farra.

— Oba, mãe, presente!

— É presente, sim, mas é para a Marga.

Chico e Ludi fizeram aquelas trombas e a Marga, a maior cara de espanto.

— Pra mim?!

— Feliz aniversário! — disse seu Marcos, distraído.

— Mas eu não faço aniversário hoje, não...

— Mãe, você vive falando que *tá* com o pé na lama, sempre dura, e agora compra um presente pra Marga sem ser aniversário dela?! — protestou Chico.

— Mas a nossa Margarida merece! — dirigindo-se a ela, acrescentou: — Toma, Marga. Pra você falar à vontade com aquela sua prima, lembra? — disse, piscando um olho.

A cozinheira pegou o embrulho sem entender patavina.

— Falar com a minha prima?

As crianças não engoliram aquela história e foram para cima dela gritando:

— *Tá* namorando! *Tá* namorando!

— O Herculano é só um amigo...

Ludi começou a cantar, segurando a saia da Marga como se fosse um véu de noiva:

— Lá vem a noiva, toda de branco, e o Herculano de cueca e tamanco!

De repente, a marquesa vislumbrou um futuro difícil pela frente e parou com a brincadeira.

— Mãe, se a Marga casar, não vai mais trabalhar aqui? E pode ser até que ela se mude para outra cidade?

— Calma, Ludi! Ela pode continuar morando na mesma cidade, não é, Marga?

— Imagina! Casar? Morar em outra cidade? Do que vocês estão falando?! Nem conheço o Herculano direito...

— Agora vamos abrir o presente.

Marga ficou boba ao ver o *smartphone* novinho em folha, brilhando.

— Puxa, dona Sandra, é tão bonito, parece uma joia. Fico até com medo de mexer.

Rafa entrou na sala e fez um comentário bem adolescente:

— Mãe, você foi até a loja para comprar? Que coisa velha. Por que não comprou pela internet?

Dona Sandra percebeu que as críticas não parariam tão cedo.

— Meu filho, eu sou uma jovem senhora do século passado. Agora vem cá dar um beijo na mamãe — provocou.

Os meninos trataram de explicar o funcionamento do aparelho para a Marga. Rafa e Chico, os "especialistas", não economizavam nos comentários:

— Tem câmera? Filma?

— Ih, mãe, acho que você comprou errado...

— Eu adorei, dona Sandra. Esses meninos é que reclamam de tudo.

Apesar de todas as críticas, os garotos ajudaram Marga em seu primeiro contato imediato com os avanços da tecnologia telefônica.

HISTÓRIA × NATUREZA

Abril chegou e o calor, milagrosamente, passou. De manhã, o sol fazia um carinho na pele e, no final da tarde, já havia até um ar mais fresco.

— Outono! Que delícia! É hora de abrir os armários e tirar os cobertores, casacos, gorros, as botas e luvas para esperar o inverno chegar — disse dona Sandra, confundindo o Rio de Janeiro com o polo Norte.

De resto, era tudo como dantes no quartel de Abrantes: seu Marcos e dona Sandra trabalhando muito para pagar as contas, Rafa estudando e fotografando, Chico enrolando com a comida e sempre atrás de um caso superultrassecreto para investigar e Ludi contando os dias para a Olimpíada do Rio. A marquesa fez um calendário e pregou na porta do quarto. Cada dia era marcado com um xis.

E a Marga? A querida Margarida continuava alegre e sorridente, com seu namoro indo de vento em popa. Um dia, arrumou-se toda e pediu ao Rafa que tirasse um "retrato bonito" dela em meio às plantas da varanda.

— Será que ele vai gostar? — disse, escondendo-se atrás de uma samambaia.

— Marga, sai aí de trás, senão ele não vai ver você!

A muito custo, a foto foi enviada pelo novo celular para o Herculano, que logo respondeu:

As duas coisas de que mais gosto: a Margarida e as plantas!

Marga ficou toda derretida. Depois, mandou foto dela com a Ludi, com o Chico e o Rafa, junto com uma mensagem:

Esses são os meus três pestinhas que vivem aprontando!

As fotos foram a deixa para o bombeiro hidráulico marcar mais um encontro:

Querida Margarida, hoje fiz um piquenique com meus netos lá na Floresta da Tijuca. Você já foi lá? É muito bonito, tem árvores, plantas, cascatas e muitos pássaros. Tudo é muito verde e tranquilo. Tem um lago lindo com eucaliptos dentro. É um lugar mágico. Vamos marcar nosso próximo encontro lá? Tirei uma foto do lago para você. Aí vai! Um beijo do seu Herculano.

Marga largou o celular e ficou sem saber o que fazer. Correu para a cozinha, voltou para o quarto e leu a mensagem de novo e de novo e de novo. Não havia dúvida, o

Herculano queria marcar um novo encontro, só que agora em uma floresta, no meio do mato!

"Que ideia de jerico!", pensou.

No final do dia, quando a dona Sandra chegou, Marga correu para a sala com aquela cara de que o mundo ia acabar.

— Dona Sandra, aconteceu uma coisa terrível!

— A Ludi aprontou?

— Não, desta vez não foi a Ludi. É o Herculano que quer marcar um novo encontro.

— Ué? E isso não é bom? Onde vai ser?

— Aí é que está o problema: na Floresta da Tijuca. Imagina!

— Que delícia! Eu ia tanto lá quando era pequena...

— Mas lá tem muito mato! É cheio de bicho, de onça, de cobra...

Dona Sandra reparou que a Marga tinha voltado a ser a medrosa de sempre.

— Não tem nada de onça. Cobra tem, mas só no meio do mato. Ele deve querer encontrar você numa área de recreação, num restaurante. Ele marcou algum lugar, algum ponto de encontro?

— Num tal de lago que tem árvores dentro.

— Deve ser o Lago das Fadas. É lindo!

— Mas que ideia! Tanto lugar para se encontrar... E lá também não tem muito assalto?

— Não, aqui na esquina tem mais. Mas, Marga, se você não gosta da floresta, por que não marcam em outro lugar? Aposto que ele não vai se importar.

— É que ele adora aquilo lá. O Herculano conhece tudo de planta! A floresta é a paixão da vida dele. Como é que vou dizer que lá eu não vou?

Dona Sandra percebeu que a cozinheira precisava de uma mãozinha.

— E se nós fôssemos com você? A gente aproveitava e conhecia o Herculano.

Marga achou a ideia boa.

— Será? Mas não vai atrapalhar a praia de vocês?

— Que isso, as crianças vão adorar um passeio na floresta!

Porém, todavia, contudo, a receptividade da criançada não foi tão boa assim. Quando a noite chegou, logo depois do jantar, dona Sandra puxou o assunto.

— Ah, mãe... Floresta da Tijuca? — resmungou Ludi.

— Prefiro a praia... — reclamou Chico.

Rafael parecia alheio, lendo um livro, e nem se manifestou.

— Mas, filhos — insistiu dona Sandra —, essa é a graça do Rio: ter praias e florestas. A gente pode aproveitar os dois lados da cidade. Vamos lá respirar ar puro, ver o verde. Rafa, você pode tirar umas fotos, que tal? Chico, você pode levar aquela caixa de apitos de pássaros que ganhou da tia Isaurinha.

— Ah, mãe... apito de pássaros? — disse o menino, desanimado.

Dona Sandra cutucou seu Marcos, que estava quase dormindo.

— Ah, sim... claro. Acho ótimo variar. Damos uma força para a Marga e ainda passeamos. Podemos ir ao Museu do Açude, lá tem um acervo muito bom do Castro Maya. Também tem a Cascatinha Taunay. Nicolas Taunay foi um dos mais importantes pintores da Missão Francesa e preferiu viver na floresta a morar junto à corte de Dom João.

— Tem a Capela Mayrink, tão linda, toda cor-de-rosa. Ela é de quando, Marquito?

Nessa hora, Rafa baixou o livro e olhou para os pais, indignado.

— Mãe, pai, até numa floresta vocês querem ir ao museu? Vocês só pensam em história e cultura? E a natureza? Vamos fazer uma trilha, explorar uma gruta, escalar uma pedra!

— Boa! Explorar uma trilha! Bizarro! — gritou Chico, que agora vivia dizendo essa palavra.

— Oba! Isso eu quero! Adoro aventura, emoção, correr perigo — disse Ludi, fazendo coro.

Foi dada a partida do jogo. O time da Natureza entrou em campo decidido e marcou logo um golaço: um a zero Natureza! O time da História ficou bobo com aquele gol bem no início do jogo, mas recuperou as forças e partiu para o ataque.

— Tudo bem. Mas a gente tem de fazer uma trilha leve; ninguém aqui é alpinista — disse seu Marcos, lembrando-se daquela velha dor no joelho.

Ludi aproveitou e mandou uma bola certeira:

— Então, você e mamãe fazem a trilha leve e a gente vai para as grutas radicais!

Dois a zero Natureza! O time da História está perplexo, não sabe o que fazer! Dona Sandra percebeu que eles tinham que marcar, ao menos, um gol de honra e torcer para não perderem de sete a um.

— Nem pensar. Tem muita gente que se perde na floresta. Vamos fazer tudo juntos. Podemos fazer uma trilha e ir numa gruta de dificuldade... média, que tal?

— Combinado! — disse Rafa, que pelo jeito era o capitão do time da Natureza.

O rapaz largou o livro e entrou na internet para descobrir as opções de trilha.

— Olha aqui: trilha da Pedra da Gávea! "Duração aproximada de 6 a 8 horas, com subidas íngremes."

— Uau! Eu topo!

Os pais riram.

— Filhos, depois de 8 horas de trilha, seu pai e eu vamos ter de voltar de maca pra casa.

— E vocês é que vão carregar!

Bola fora! Continua tudo na mesma na casa dos Manso. Dois a zero Natureza.

Rafa passou para outra foto.

— Que tal essa aqui: Gruta dos Morcegos, "a segunda maior caverna de gnaisse do Brasil".

— Uau, que máximo! — gritou Chico, mesmo sem saber o que significava "gnaisse".

— Dá para ver os morcegos? — perguntou Ludi, que andava muito gótica.

A foto mostrava um grande salão de rocha, bem alto, com uma pequena fenda servindo de porta de entrada.

— Puxa, dá até para acampar aí!

Os pais olharam aquela gruta escura, cheia de morcegos e meio complicada de descer e logo tentaram outra opção.

— Filhos, acho melhor uma gruta menos radical. Afinal, é o nosso primeiro passeio na floresta — argumentou dona Sandra.

Rafa voltou a ler sobre as trilhas.

— Olha essa aqui: "Trilha da Cova da Onça. O nome talvez seja uma referência a uma pequena gruta onde dizem que, no passado, dormia uma onça. Sua maior atração é a ponte pênsil". Olha, a ponte é igual àquela do Indiana Jones, toda de madeira com cordas! — gritou o menino.

— Uau! Maneiro!

— É igualzinha, será que foi aí que filmaram?

— Claro que não, né, Ludi! Se liga!

Seu Marcos e dona Sandra olharam a foto da ponte e, antes mesmo de comentarem alguma coisa, já ouviram os primeiros acordes da trilha do famoso arqueólogo:

Pararara parará
Pararara parará rará...

— Ah, mãe, pai, vamos nessa ponte! Ou melhor: nessa trilha — implorou Chico.

— Quem sabe a gente vê a onça?

— Não tem mais onça na floresta, filha.

— Aqui diz que "é uma trilha histórica, de dificuldade média, em um terreno plano, passando pela mata, por cachoeiras e pela ponte pênsil, *que é bem segura*" — frisou Rafa. — "Depois, pega-se o Caminho do Sertão, antiga estrada colonial, de pé de moleque, feita pelos escravizados, por onde seguia o café produzido em larga escala na floresta."

— Ué, plantação de café e escravizados no meio da mata? — espantou-se Rafa.

— Isso mesmo! Sabem por quê? — perguntou seu Marcos, interessado em falar sobre o assunto.

Só que as crianças, de tão empolgadas com a ponte e a trilha, nem deram atenção ao pai. Mas dona Sandra percebeu que ali eles poderiam fazer um golaço, conciliando um passeio radical no meio do mato com a história da floresta, e chutou uma bola direto para o gol.

— Tudo bem. Vamos fazer a Trilha da Cova da Onça, depois podemos almoçar no restaurante Esquilos, que tal?

— Oba! Restaurante! — gritaram os três famintos.

Dois a um no placar! O time da História acordou, minha gente! Foi um gol tímido, mas entrou redondo na rede!

Os meninos ficaram no maior entusiasmo com o passeio no mato e não queriam parar de ler sobre as atrações radicais da floresta, mas, quando o coral de bocejos principiou, seu Marcos, de jogador, passou a juiz e deu o apito final:

— Crianças, é hora de todos se recolherem aos seus aposentos, isto é: para a cama, macacada!

Tempo regulamentar esgotado!

— Puxa, pai, já?

— A gente mal começou a se programar.

Pelo jeito, o time da Natureza queria mais jogo!

— Se o passeio fosse para o Centro, vocês deixavam a gente ficar aqui até uma hora da manhã discutindo o assunto! — rebateu Ludi.

Os pais riram.

— Amanhã a gente conversa mais, filhota. Já passa das dez da noite e vocês têm de acordar cedo.

— Puxa, pai, mas é tão legal pensar no passeio! Parece até que a gente já *tá* lá — disse a filha, quase desmaiando de sono.

— Amanhã nós planejamos mais. Quem quer andar no mato não sei quantas horas, escalar costões, entrar em grutas e ver onças, antes de tudo tem que dormir bastante — disse o professor, puxando a filha.

— Vamos lá, cambadinha, seguindo a trilha dos quartos! — completou dona Sandra, "rebocando" os meninos do sofá.

— Ah, mãe, puxa...

Final da partida e o time da Natureza sai de campo vitorioso, porém... combalido.

MISSÃO QUASE IMPOSSÍVEL: SAIR DE CASA

O RESTO DA SEMANA CUSTOU A PASSAR. É sempre assim: quando a gente quer que o sábado chegue logo, aí que o tempo *demoooora* à beça. Mas, enquanto não chegava o grande dia, Rafa e Chico pesquisaram tudo sobre a floresta: como ir, o que levar, regras, recomendações, enfim, os garotos se tornaram os "especialistas" na floresta. A dupla também arrumou uma mochila com os apetrechos de um verdadeiro andarilho: bússola, binóculo, cantis e, claro, a câmera do Rafa e a infalível lente de aumento do Aranha. Chico se lembrou também da tal caixa de apitos de pássaros.

— Será que isso funciona mesmo? — disse o menino, guardando-a na mochila.

Ludi se esqueceu um pouco da Olimpíada e fez um "calendário" da semana até o dia da aventura.

— Só faltam dois dias! Onça da Cova da Onça, me aguarde!

Dona Sandra, sempre preocupada com o clima e os acidentes, providenciou os agasalhos e um estojo de primeiros socorros. Seu Marcos resolveu fazer umas corridas antes da faculdade para se livrar da preguiça. Corria vinte minutos e... pedia arrego.

— Acho que estou em franca decadência.

Na hora do jantar, ele tentava contar a história da floresta para os filhos:

— Sabem, crianças, nesse nosso passeio nós veremos vestígios de um passado da Serra Carioca, como era chamada a Floresta da Tijuca, que poucos conhecem: ruínas de fazendas...

— Mas e as grutas, pai? — perguntou Ludi, mudando de assunto.

— As grutas e as rochas da floresta devem ter uns 560 milhões de anos, que tal?

— Caramba! Então elas são da Pré-História?

— São de antes da Pré-História! Elas são do período Pré-Cambriano, se não me engano — disse, deixando a filha na mesma. — Mas o interessante é que nas trilhas nós vamos passar por caminhos feitos pelos escravizados, na época em que toda a floresta foi totalmente...

— Ah, pai, por falar em caminhos — disse Rafa, interrompendo de novo —, todo mundo tem que ir de tênis e calça comprida e é uma boa levar chapéu.

— Claro, claro, isso é importante mesmo, mas voltando ao assunto...

— Outra coisa legal de levar são lanternas — comentou Chico, atrapalhando o pai. — As grutas são escuras, não dá para ver nada lá dentro.

— Crianças, deixem o Marquito falar — pediu dona Sandra.

— Ah, deixa pra lá... — desanimou o professor, percebendo que os meninos queriam mesmo era conversar sobre coisas práticas. — E o mapa da trilha? Onde nós achamos?

— Lá na floresta tem o Centro de Visitantes, onde podemos conseguir mapas e dicas.

— Ótimo, podemos deixar o carro por ali e seguir a pé.

Mas... e a nossa Marga? Como a responsável pelo passeio se preparava para o encontro? Margarida queria impressionar o Herculano. Por isso, fez empadão de frango, sanduíches, bolo de cenoura com cobertura de chocolate, biscoito amanteigado... Hum, dá até para sentir o cheirinho do farnel.

Na sexta-feira de noite quem é que conseguia dormir? Ludi só pensava nas grutas e nos bichos que iria encontrar. Rafa sonhava em tirar fotos incríveis e mandar para a *National Geographic*. Chico imaginava os pássaros que iria chamar com os tais apitos. E Marga, superansiosa com o encontro com o namorado, não pregava o olho.

Finalmente, o galo cantou, ou melhor, o despertador tocou! Margarida chegou cedo e dona Sandra não precisou acordar ninguém: os três já estavam tomando café e até o Chico comia.

— Puxa, o que uma trilha faz com vocês, hein? Que animação!

— Mãe, você ainda *tá* de camisola?!

— Calma, Ludi, a floresta não vai fugir.

Seu Marcos é que dormia a sono solto. Tinha corrido tanto durante a semana que agora tinha sono recolhido.

— Pai! Acorda!!

— Vem tomar café, meu Indiana Marcones!

Todos prontos, de café tomado e dentes escovados. Dona Sandra conferiu os últimos detalhes da listinha: "Água, protetor solar, celular, o.k.". As crianças, mais que ansiosas, já estavam no corredor.

— Pai! Mãe! Venham logo!

— Cadê a Marga? — perguntou seu Marcos.

Dali a pouco, Margarida apareceu na sala toda arrumada, mas com um jeito sério, meio aflita. Segurava a cesta do piquenique e andava lentamente.

— Que elegância, senhorita Margarida.

— *Tá* tudo bem, Marga?

— Tudo — disse, um pouco seca.

O casal seguiu para o corredor e a cozinheira empacou na porta como se tivesse esquecido alguma coisa.

— Vem, Marga, o elevador já chegou.

De repente, sem explicação nenhuma, ela entregou a cesta para a dona Sandra e voltou ligeira para o apartamento, trancando-se lá dentro.

— Dona Sandra, me desculpe, mas eu não vou! Podem ir vocês!

Se aquilo fosse um final de capítulo de novela, teria um *close* na família Manso espantada e de boca aberta: "Ooooh!!!!".

Mas, como não era, a turma ficou só sem entender nada.

— Marga, o que aconteceu?

— Será que ela se esqueceu de ir ao banheiro? — indagou Chico.

— Marga, abre a porta!

— Não! Eu tenho horror de cobra, de mato, de onça, de tudo! Eu não vou! — gritou ela.

As crianças e os pais estavam perplexos com a cena. Dona Sandra percebeu que precisava agir.

— Marga, respira fundo — disse, lembrando-se da aula de ioga. — Respira pelo nariz e solta pela boca, len-ta-men-te. *Tá* respirando?

— Hum-hum...

— Ótimo. Fique calma e me ouça: você vai ficar com o Herculano na área de recreação, onde tem bancos, mesas para fazer piquenique, brinquedos, muita gente passeando, guardas-florestais e nenhum desses bichos de que você tem medo. Nós, o Marcos, as crianças e eu, é que vamos para a mata. No final, a gente se encontra e volta para casa. Entendeu?

— Sim... mas é que tem outra coisa: o Herculano sabe muito de plantas, de árvores... eu não entendo muito sobre isso... — disse ela, revelando o xis do problema.

— Marga, não precisa ficar assim...

Dona Sandra cutucou o marido para que falasse alguma coisa.

— Eu?!

Seu Marcos teve um estalo, uma ideia boa tanto para ele quanto para a cozinheira:

— Marga, aposto que o Herculano não sabe a verdadeira história da Floresta da Tijuca.

— Ah, eu também não sei, que história?

— Ela tem uma história muito interessante. No passado, uma grande parte da Floresta da Tijuca foi desmatada e tornou-se um grande cafezal. Derrubaram árvores, plantas e boa parte do "manto" verde da nossa cidade maravilhosa desapareceu.

— Jura? Mas como é que ela está aí agora?!

— Bom, isso é uma longa história. Tem príncipe e princesa, mas os heróis dela foram um major, seis escravizados, trabalhadores assalariados e um barão. Eu posso contar tudo no caminho. Que tal?

Margarida, que adorava uma "aula de história", ficou curiosa e foi abrindo a porta devagar.

— Eu quero saber de tudo!

Todos gritaram "vivas" e a abraçaram.

— Então, "simbora", turma!

Finalmente, a tropa saiu de casa! Milagre!

A FLORESTA QUE VIROU CAFEZAL E O CAFEZAL QUE VIROU FLORESTA

A natureza está sempre em movimento. No céu os biguás voam em V, deslumbrando quem entorta o pescoço para ver. As maritacas voam em bando e fazem tanta algazarra que acordam os dorminhocos. Os micos pulam de fio em fio e, por um fio, não caem na nossa cabeça. Tudo se move, tudo vem e vai. Só o carioca fica parado no trânsito. Até no sábado!

A família Manso ia bem espremida no fusquinha 68 ouvindo a "aula" do seu Marcos, que nem se estressava com o engarrafamento da Rua Jardim Botânico; ao contrário, parecia feliz da vida — agora sim poderia falar à vontade, sem ser interrompido, ou pelo menos não muito. Marga, bem mais calma, era toda ouvidos, queria aprender tudo. Dona Sandra prestava atenção, mas sempre com um olho no celular para acompanhar as notícias

– "uma jornalista não desliga" –, e as crianças, como sempre, sem tanta paciência com o pai.

— Bom, como vocês sabem, nós estamos comemorando os 450 anos da fundação da nossa cidade, e a primeira providência que Estácio de Sá tomou em 1565 foi abrir um buraco para fazer um poço. Para quê? Vocês lembram?

— Não, pai. A gente ainda não tinha nascido nesse tempo — brincou Chico.

— Ora, para encontrar água potável! Água para beber!

— Puxa, pai, mas precisa começar lá em 1565 para falar da floresta?! — protestou Rafa.

— É verdade, Marquito. O engarrafamento não está tão grande assim.

— Então vocês querem um resumo?

— Queremos! — gritaram os três.

Margarida reclamou:

— Ah, mas eu quero entender tudo direitinho. Ainda não estou acreditando que acabaram com a floresta. E essa aí? É falsa?

— Não, essa é verdadeira. Ela só não é totalmente original, como era no tempo da Colônia. Não é a mata virgem, primária. Uma grande parte da mata que temos hoje foi reflorestada pelo trabalho do homem. Graças a eles nós temos uma floresta urbana no coração da cidade. Isso é um privilégio... é espantoso... é...

— *Tá* bom, pai, é lindo, agora conta a história!

— O.k. Vamos lá: como vocês sabem, na época da Colônia, o principal rio era o Carioca, que vinha lá do alto do Corcovado e desaguava na Praia de Uruçumirim, que hoje é a nossa Praia do Flamengo. A cidade se estabeleceu lá no Morro do Castelo, que tinha uma posição estratégica para observar o inimigo, porém era necessário descer para pegar a água do rio. Com essa dificuldade, o povoado foi descendo o morro e a cidade se expandiu na planície. Mas foi só em 1673 que iniciaram as obras do Aqueduto do Carioca.

— Os Arcos da Lapa, que são tão lindos! — suspirou dona Sandra.

— Na verdade, nessa época era um aqueduto primitivo que sempre precisava de reformas. Havia até homens chamados de "carioqueiros", que cuidavam da água, tirando folhas ou bichos dos reservatórios. Só com o governador Aires Saldanha e, depois, com o Gomes Freire, o famoso Conde de Bobadela, é que vimos surgir o aqueduto final, que hoje é um cartão-postal do Rio.

A turma riu novamente do nome do conde.

— Ah, não, pai, toda hora você fala nesse Conde de Bobadela. Que nome!

— Gente, Bobadela é uma cidadezinha portuguesa onde o Gomes Freire nasceu, só isso. Ele foi um dos mais importantes governadores da época da Colônia. Governou o Rio durante 30 anos e, além do aqueduto, fez o nosso Paço Imperial e o nosso querido Arco do Teles, que tal?

— Seu Marcos, não fala desse arco, que eu não quero viajar no tempo de novo, não! — disse Marga, morrendo de medo de mais uma volta ao passado.

— Tudo bem. Mas, enfim, com o aqueduto, as águas do Rio Carioca chegavam até as fontes da cidade. Era só encher os baldes e levar para casa.

— Pai, mas e a floresta? E o café? — suplicou Rafa.

— O.k., vamos lá. Então eram os rios lá do alto da floresta que abasteciam de água a Colônia e depois o Império. No tempo da Colônia tivemos os ciclos da cana-de--açúcar, do ouro e depois o do café, que veio da Guiana Francesa e chegou aqui em 1760. Ou seja, antes mesmo de a Família Real vir para o Brasil, muitos brasileiros e portugueses já plantavam mudas de café nas encostas da floresta. Porém, com a chegada de Dom João e a abertura dos portos, alguns fazendeiros estrangeiros se interessaram em vir para cá cultivar o café em grande quantidade, para exportar. E o resultado disso foi que, no começo do século XIX, a Tijuca se tornou o local onde mais se plantava café no Brasil.

— E por que plantaram logo lá, bem onde era floresta? — perguntou Marga.

— É que as terras no Maciço da Tijuca eram férteis, úmidas, com várias nascentes de rios, e o café se deu muito bem ali. Havia cafezais em todos os arredores da serra, na Gávea, na Lagoa, no Cosme Velho, na Tijuca e, principalmente, lá nos altos vales da floresta. O problema é que, para plantar as mudas, eles desmataram uma grande área da mata original. As árvores foram cortadas, queimadas, o verde foi desaparecendo e os cafezais dominaram a paisagem.

— Mas ninguém fez uma manifestação, um protesto? — perguntou Rafa, indignado.

— Uma revolta da floresta! — brincou Ludi.

— Esses meninos adoram uma reviravolta, seu Marcos. Nunca vi!

— As pessoas não tinham essa consciência que nós temos hoje. O desmatamento não era chocante, era visto como normal. Mas Dom João, logo que chegou à Colônia, com aquela quantidade de gente que nós nem conseguimos contar, foi o primeiro a decretar a proibição de cortes de árvores perto das nascentes dos rios.

— Puxa, Dom João já era ecológico!

— Não, filhos, ele só sabia que o corte de árvores afetaria os mananciais. Quem se indignava com esse desmatamento eram os artistas e cientistas estrangeiros, que sempre enalteceram a nossa natureza. Muitos deles foram morar na Tijuca, fugindo do calor e do mau cheiro da cidade, como o Taunay. Dom Pedro I também adorava cavalgar por lá.

— Oba, cavalos!

— Foi o príncipe que abriu o caminho da subida para o Corcovado e fez do passeio por ali uma moda na corte. Mais tarde, seus descendentes, Dom Pedro II e a família, também vinham passar o verão na Tijuca para fugir das pestes e do calor.

— E o povão só no calorão, né?

— Pois é, a plebe não ia passear na Tijuca. Era a elite que morava e se divertia por lá. Por isso, ela também era conhecida como Floresta Imperial ou Tijuca Imperial. Mas, mesmo com essa ligação com a natureza, a produção de café foi tão importante na economia que uma grande parte da mata não foi poupada.

— E aí, adeus, floresta — disse Rafa.

— Adeus, floresta, e adeus, nascentes, rios, cascatas. Sem a mata, as chuvas escassearam. Houve períodos grandes de seca e os rios começaram a minguar. Os governantes perceberam que, se não fizessem alguma coisa, a corte ia ficar sem água. Foi aí que, alertado pelo Barão do Bom Retiro, Dom Pedro II decretou o reflorestamento do Maciço da Tijuca, em 1861, e nomeou o Major Manoel Gomes Archer como o primeiro administrador da floresta.

— E ele reflorestou tudo sozinho?!

— Claro que não, né, Ludi? Foram os escravizados que fizeram isso — disse Rafa, muito entendido.

— O Major Archer organizava os trabalhos, a equipe, as sementes, as mudas, os relatórios. Ele tinha uma fazenda em Guaratiba e trazia as mudas de lá para cá.

— Ele devia entender de planta como o Herculano — comentou Marga.

— Não tem uma história de que foi o major com mais seis escravizados que reflorestaram tudo? — perguntou dona Sandra.

— Tem essa história, sim. Se não me falha a memória, os nomes dos escravizados eram Maria, Matheus, Eleuthério, Constantino, Manoel e Leopoldo. Mas isso é um exagero, uma lenda. Havia também trabalhadores livres, que recebiam salários. O major foi o administrador da floresta durante 14 anos e plantou com a sua equipe mais de 100 mil mudas de árvores e plantas, devolvendo a floresta ao Rio de Janeiro.

— Cem mil! Caramba! Eles trabalhavam dia e noite!

— Puxa, então esse major merece uma estátua!

— Os seis escravizados é que merecem!

Conversa vai, conversa vem, e eles já subiam a Estrada Dona Castorina, no bairro do Horto, onde começa a área do Parque Nacional da Tijuca. Seguiam por um verdadeiro túnel de árvores, tão fechado que nem dava para ver o céu. Aos poucos, a barulheira do motor dos ônibus, carros e motos alucinadas foi ficando lá embaixo, e agora reinava o silêncio da mata. A família Manso se desligou da cidade e ficou hipnotizada pelo brilho do sol batendo nas árvores. Até seu Marcos calou o bico para aproveitar a tranquilidade da natureza.

O HERCULANO E A KOMBI

O FUSQUINHA SUBIA A ESTRADA LENTAMENTE. Às vezes, ameaçava enguiçar, mas depois mudava de ideia e seguia em frente. O calhambeque andava tão devagar que até os ciclistas passavam por eles.

— Pai, acho que o fusca *tá* precisando de uma revisão urgente — disse Ludi.

— Se a gente fosse de bicicleta já tinha chegado.

Seu Marcos, de tão radiante com a beleza do dia, nem deu bola para as provocações dos filhos. Dali a pouco, chegaram à Vista Chinesa, um mirante muito lindo e famoso no caminho da floresta, que, como o próprio nome diz, tem estilo oriental, com vigas imitando bambus enfeitadas com dragões e tudo.

— Dom João, quando criou o Horto Real, teve a ideia de plantar chá aqui e mandou vir chineses de Macau, mas acabou que esse cultivo não deu certo. Daí essa homenagem aos trabalhadores, que moravam por aqui em casinhas de bambu. Que tal dar uma espiada na vista?

— Oba! — gritaram todos.

Os turistas já estavam no mirante, a postos, com suas máquinas e celulares.

— *How beautiful!*

— *Regardez là! Le Pain de Sucre!*

— Mas, bá! Que beleza, tchê!

A paisagem era realmente um assombro: o Pão de Açúcar, o Corcovado, o Morro Dois Irmãos, a lagoa, as praias, o mar, todos sorrindo, prontos para as fotos. Rafa tirou fotografias de todos, enquanto dona Sandra e Marga não se cansavam de admirar o Rio de Janeiro.

— Que beleza, não é, Marga?

— Uma lindeza! E parece tudo tão pequeno aqui de cima!

Seu Marcos continuou com a sua aula:

— Sabem quem fez essa construção aqui, em homenagem aos chineses? O nosso amigo...

— Conde de Bobadela! — gritaram as crianças.

— Não, gente, esta construção é do século XX. Foi o Pereira Passos. E a Mesa do Imperador também. Ela fica mais ali adiante. Vamos lá ver!

O fusquinha subiu mais um pouco e, lá em cima, havia mais um mirante e uma grande mesa de pedra, onde muitos ciclistas estavam sentados descansando.

— No passado, os nobres vinham para cá a cavalo fazer piquenique. Aqui era o ponto de encontro deles. Havia um caramanchão de bambu e mesas de madeira.

Foi só falar em piquenique que a Marga se lembrou do seu compromisso.

— Seu Marcos, dona Sandra, já *tá* quase na hora!

— Vamos lá, senão a Marga vai se atrasar! — pediu dona Sandra.

— Ué, mas a noiva sempre chega atrasada! — brincou Ludi.

O fusquinha, que nem tinha se recuperado da primeira subida, quando viu a família chegando de novo, teve um treco. Seu Marcos ligou o motor e... nada. Tentou mais uma vez e... nada!

— Acho que a subida foi demais para o fusca, pai.

— Coragem, meu companheirão! Chegando lá você vai descansar até dizer chega — seu Marcos tentou animar o carro.

O professor tentou outra vez e... finalmente o fusca pegou!

— Ê! Sabia que você não ia me deixar na mão!

Todos gritaram "vivas" e o carro, ainda que engasgando um pouco, encarou o resto da subida. Dali a pouco já estavam no Alto da Boa Vista, na Praça Afonso Viseu, bem no portão principal do Parque Nacional.

— Chegamos, crianças!

— Olha, esse portão de ferro é tão bonito! Está igualzinho! — disse dona Sandra.

O guarda pediu para seu Marcos parar.

— Bom dia! Preciso anotar a placa e saber quantas pessoas estão entrando.

— Obrigado. Claro! Somos seis.

— Bom passeio! A floresta fecha às cinco da tarde.

As crianças olhavam admiradas pela janela do carro: um mar de verde com árvores enormes. A calma reinava e as cigarras deram um "oi" de boas-vindas: "cicicicicicici"! Os pássaros e as borboletas apareceram para cumprimentar a família Manso. Estavam todos hipnotizados pela mata. O fusca subiu por uma estrada sinuosa até o estacionamento da Cascatinha Taunay, local do encontro. Quando seu Marcos desligou o motor, o fusquinha desmaiou: ufa!

— Olha a cascatinha ali!

Marga, com o coração batendo forte, procurou pelo Herculano.

— Ele está ali! Do lado da kombi.

— Já gostei dele! — comentou seu Marcos.

— Mais um que gosta de carro velho... — disse Chico, fazendo um muxoxo.

A turma desceu do carro e Marga, em vez de ir direto até o Herculano, ficou parada como se não fosse com ela. As crianças, dona Sandra e seu Marcos é que tiveram que dar um empurrãozinho.

— Vai lá, Marga!

— *Tá* bom... *tô* indo...

Marga foi andando timidamente, um passo, depois outro, como se fosse uma noiva entrando no altar ao som da marcha nupcial. Dava até para ouvir os trompetes: "tan tan tan tan". Herculano, do outro lado, ansioso, foi ao encontro dela com o maior sorriso.

— Margarida! Você está linda!

— Oi, Herculano, a gente demorou um pouco...

E aí foi aquela cena pouco ensaiada: Marga estendeu a mão e ele abriu os dois braços para dar um abraço apertado e, quem sabe, um beijinho, mas só saiu um abraço meio sem jeito.

— Que bom que você veio! É que tem muita gente que não gosta de passear na mata.

— É mesmo? Que coisa... — respondeu ela, sem graça. — Deixa eu apresentar a minha turma.

Todos se chegaram para conhecer o famoso namorado.

— Como vão? — disse o Herculano, animado.

— Dona Sandra, seu Marcos e as crianças: Rafa, Chico e Ludi.

— Prazer, gostei da sua kombi — observou seu Marcos.

— Pois é, esse é o meu xodó! Mas o seu fusca também está nos trinques — dirigindo-se a dona Sandra, acrescentou: — Como vai a senhora? Leio sempre as suas matérias.

— É mesmo?! Que bom, mas pode me chamar de você. Prazer.

Herculano era grandão e teve que se inclinar para falar com as crianças.

— Então você é a famosa Ludi!

A marquesa, toda prosa, respondeu:

— Sou eu mesma! — de supetão, perguntou: — Você vai mesmo casar com a Marga? E aí quem é que vai ficar comigo?

— Ludi! — exclamou dona Sandra. — Em boca fechada não entra mosca!

Marga ficou vermelha e deu um sorriso sem graça, mas o Herculano caiu na risada.

— Vamos casar e você será a dama de honra! — voltando-se para os meninos, perguntou: — E você é o Rafael, o grande fotógrafo, não é? E você é o Chico, o célebre detetive!

— Oi — disseram os meninos, sorrindo.

Se o Herculano fosse candidato a alguma coisa, já estaria eleito pela família Manso. Todos estavam apaixonados por ele. Simpatia, esse era o seu nome.

— Então é a primeira vez que vocês vêm aqui? Eu sei que o pessoal da Zona Sul só quer saber de praia...

— Não, a gente já veio aqui quando eles eram pequenos...

— Vocês vão ficar impressionados com as árvores: tem embaúbas, jacarandás, jequitibás, ipês, isso aqui é uma maravilha! Um santuário — disse Herculano, animado.

Eles estavam bem em frente a um lindo painel de azulejos com o mapa dos caminhos e pontos importantes. As crianças logo foram dar uma olhada.

— Esse painel é maravilhoso — disse dona Sandra.

— Legal! Olha o portão por onde a gente passou!

— Tem a ponte do Indiana Jones?

— Nós estamos aqui, na cascatinha.

— Por falar nisso, vamos ver a Cascatinha Taunay?

A turma se encaminhou para lá, só que, de repente, sem aviso nenhum, começou uma cerração, um nevoeiro forte, dificultando a visão.

— Ué, que bruma estranha — disse dona Sandra.

— "Bruna"? — perguntou Ludi.

— Não, bruma. É nevoeiro, cerração.

— É uma nuvem passando — disse Herculano. — Estamos a uns 800 metros de altitude.

— Mas estava um dia lindo e agora a gente não está vendo nada! — reclamou Marga.

— Coisas da Floresta da Tijuca!

— Parece filme de assombração! Bizarro!

A névoa foi diminuindo e eles continuaram o caminho até o mirante da cascatinha. Só que, bem ali, no meio da neblina, surgiu um homem misterioso, com cabelos brancos e compridos, óculos redondos, usando boina e trajes de antigamente. Ele tinha um cavalete e pintava a cascata. Parecia tão distraído que nem reparou na família Manso e no Herculano se aproximando. Mas, de surpresa, se virou para o grupo e disse animado:

— *Bonjour!* Bom dia! *Je suis* Nicolas Antoine Taunay!

A família Manso se entreolhou espantada e Ludi exclamou:

— Mãe, pai, viajamos no tempo de novo!

TAUNAY NA CASCATINHA DO TAUNAY

QUE ASSOMBRO! A família Manso ficou paralisada, surpresa, boquiaberta, enquanto o Herculano não entendia de onde eles haviam tirado aquela ideia de viagem no tempo:

— Mas do que vocês estão falando?

— Herculano, me desculpe, eu tinha de ter contado antes. Com essa família tudo pode acontecer — Marga tentou explicar. — Acho que é uma praga!

— Tudo mesmo! Principalmente viajar para o passado! — exclamou Chico.

— Mas não pode ser, nós não passamos pelo Arco do Teles!

— Acho que foi essa bruma, mãe. Ela teve um efeito qualquer que fez a gente ir para outro tempo — disse Rafa.

— Não precisa nem de Arco do Teles, nem "Bruna", nem nada. Com um pai professor de história, a gente sempre vai viajar para o passado. Não tem jeito — sentenciou Ludi.

Seu Marcos, maravilhado com a possibilidade de conhecer o renomado pintor, aproximou-se dele.

— Como vai o senhor? Meu nome é Marcos. *Je suis enchanté!* — disse, gastando o francês. — Esses são meus filhos, minha mulher, Sandra, e esses são nossos amigos, Margarida e Herculano. — Virando para a família, apresentou o pintor: — Filhos, esse é o grande artista Taunay, que veio em 1816 para o Rio de Janeiro com a Missão Artística Francesa.

O senhor deu um sorriso amarelo, como se não estivesse entendendo bem aquela gente, mas depois tirou o chapéu, pigarreou e disse com um sotaque francês:

— *Merci beaucoup!* Pois é, eu vim *parra* cá porque *prrecisava* de... um *emprrego*! Imaginem! Eu, já com 60 anos, *desemprregado*, com mulher e filhos. Saí de *Parris* com os olhos *marrejados*. Mas eu *non poderria* ficar ali depois da queda de *Napoleon... Enton* pedimos ajuda à Família Real portuguesa e viemos *parra* cá com o intuito de *fundarr* uma Escola de Belas Artes, só que ela nunca saiu do papel!

Seu Marcos ia dizer alguma coisa, mas o pintor fez um sinal com a mão para não ser interrompido.

— Non, non *prrecisa falarr* nada. Todos dizem que ela vai ser *inaugurrada*, mas eu já desisti de tudo, da corte

prrincipalmente. Aquele *cheirro* horrível, a *feiurra* daquele Largo do Paço, tudo imundo, uma *balbúrrdia*, e também tem as pestes... Um horror! Quem gosta da corte é o Debret. Por isso mesmo vim *morrar* aqui com a minha família. *Querria* o sossego desta *florresta*, a paz da *naturreza*. O ar *purro*. A paisagem, o sol, tudo aqui é um *deslumbrramento*. É isso que amo pintar: a *naturreza*! Também *adorro* fazer longas caminhadas pela mata... só temos que ter cuidado com as tempestades e os raios! Nunca, *jamais*, vi tanta água cair. *Je n'ai pas compris!* Este aqui não é o país do *soleil*?

Marga tremeu nas bases.

— Ai, meu Deus, eu morro de medo de raio, de temporal... Como a gente vai fazer para voltar para o nosso tempo?! Estamos num mato sem cachorro!

O Herculano, que não entendia aquela aflição toda dos Manso, em vez de argumentar, só fez a Marga se virar.

— Que tal olhar para trás?

Nada havia mudado. O estacionamento, a lanchonete fechada, o painel de azulejos. A família Manso ficou completamente perdida, e o "pintor", que era na verdade um ator, ainda brincou:

— E então? Querem fazer uma "selfie" com o Taunay na cascatinha?

A família quase caiu para trás: o Taunay não era o Taunay!

— Caramba! A gente pensou que você fosse...

— Vocês estão de parabéns! Nunca vi um público tão interativo assim! Vocês já fizeram teatro? — perguntou o ator, tirando a boina e a peruca.

— Eu fiz no colégio... — disse seu Marcos, totalmente sem graça.

— É que a gente já viajou no tempo algumas vezes e aí pensou que tinha acontecido de novo.

— Ludi! É imaginação dela. Sabe como é criança...

— Mas é verdade... — defendeu-se a menina.

O ator riu e continuou:

— Se vocês gostam de viajar no tempo, então vão adorar o nosso projeto. Sou do grupo de teatro *Tá na Mata*. Fazemos espetáculos de rua, nas praças, nos parques, florestas e resolvemos comemorar os 450 anos da cidade fazendo apresentações aqui na floresta, representando os grandes personagens que marcaram a história dela: o Taunay, o José de Alencar, o Barão do Bom Retiro, o...

— O Major Archer! — gritaram os meninos.

— Puxa, vocês estão afiados, hein?

— É que a gente fez um curso antes de vir para cá — brincou Chico.

— Pois é, infelizmente o ator que fazia o Major Archer teve um problema. Ele andou discutindo com o diretor e sumiu. Ele era um pouco revoltado...

— Puxa, que coisa...

O rapaz se despediu da família Manso, que agora precisava dar alguma boa explicação sobre aquela maluquice toda ao Herculano. Mas, antes que alguém dissesse alguma coisa, o namorado da Marga teve a fineza de mudar de assunto.

— Então, que tal a cascatinha? Ela tem uns 35 metros de queda-d'água. É a mais alta da floresta. Não é linda?

Só aí a turma notou que, com a emoção de ter encontrado o "Taunay", nem tinha visto direito o ponto turístico mais famoso da floresta. E então, sim, fizeram tudo o que um turista que se preze faz: tiraram fotos, viram tudo muito bem e riram daquela história toda.

— O papai ficou branco quando viu o pintor!

— E quem não ficou?

— Eu notei que aquela cabeleira era peruca.

— Ah, Chico, por que não disse logo?

Depois de uma implicância básica entre os irmãos, já era tempo de começar a trilha.

— Vamos lá, turma!

— Eu dou uma carona para vocês.

— Oba! Nunca andei de kombi!

MAPA NA MÃO E PÉ NA TRILHA

A KOMBI TAMBÉM ERA LENTA E ENGASGAVA, mas parecia um pouquinho mais disposta que o fusca e subiu bem a estrada. Lá dentro, a turma se espantou com o espaço.

— Uau! Dava para uma família morar aqui!

— Pai, troca o fusca por uma kombi!

A estrada era sinuosa, ladeada por eucaliptos e, no fundo, a mata densa e verde. Passaram pela Capela Mayrink e dona Sandra deu um suspiro.

— Olha, gente, que graça!

— Querem parar aqui? — perguntou o Herculano.

— Não!!! — gritaram os três.

— Obrigada, mas hoje esta turma está com sede de trilha.

— Olha! Centro de Visitantes! A gente tem que pegar o mapa aí.

Herculano estacionou e a turma desceu.

— Boa trilha pra vocês!

— Valeu! Bom piquenique!

— Se vocês cansarem, a gente vai ficar no Lago das Fadas. Qualquer coisa, liga, dona Sandra! Estou com o celular — disse a Marga, aflita e atenta com medo dos bichos.

— O.k.! Guarda um pedaço de empadão pra gente!

O Centro de Visitantes era uma construção recente, moderna, que nem seu Marcos nem dona Sandra conheciam.

— Não tinha isso no nosso tempo, não...

Os meninos correram para pegar os mapas, mas logo se depararam com nada mais, nada menos que uma estátua de um escravizado, bem na entrada.

— Mas só um? Tinha de ser seis!

Dona Sandra leu a placa em frente à estátua.

— Esta imagem é uma homenagem aos seis escravizados. Olha aqui o nome deles: Maria, Matheus, Eleuthério, Constantino, Manoel e Leopoldo. Acertou, Marcos!

— Legal, vou decorar que nem o papai: Maria, Matheus, Eleu... Eleu o quê, mãe?

— Eleuthério.

No Centro, foram recebidos por um funcionário:

— Bom dia! Sou o Darli, guia aqui do parque. Querem alguma informação?

— Bom dia — disse Rafa. — O senhor teria um mapa da Trilha da Cova da Onça?

— Tenho um mapa com todas as trilhas. Para a Cova da Onça, vocês têm de ir até a Estrada do Visconde de

Bom Retiro. É logo aqui, descendo um pouco. Tem indicações com placas ou setas nas árvores. É uma bela trilha e uma das mais antigas, quase uma viagem no tempo!

A família se entreolhou sem entender o que o guia queria dizer com aquilo.

— Como assim? — perguntou seu Marcos.

— Brincadeira minha. É que pelo caminho tem ruínas de fazendas de café e também de uma estrada toda feita em pé de moleque. Essa estrada, do tempo da Colônia, chamava-se Caminho do Sertão e ligava a Tijuca à Taquara.

— Ah, sim, claro...

— E aquela ponte pênsil está segura? — perguntou dona Sandra, receosa.

— Está, sim. Ela foi reconstruída no ano passado com material bem resistente. Ela é a única coisa moderna da trilha.

Rafa e seu Marcos começaram a estudar o mapa, enquanto dona Sandra, Chico e Ludi se interessaram por um quadro de vidro com besouros, aranhas e um monte de insetos. O guia se aproximou deles novamente.

— Querem ver a exposição "Uma floresta na metrópole"? Ela foi montada para comemorar os 150 anos do reflorestamento.

— Claro!

— Ah, não, mãe, vamos logo para a trilha.

Os meninos sabiam que, quando a mãe entrava em alguma exposição, custava a sair.

— Só um minuto, filhos. Rapidinho.

Logo na entrada havia um painel com a história da floresta e uma reprodução de uma pintura de Félix Taunay, filho do artista francês, retratando o corte e a queima de árvores.

— Olha, além de derrubar tudo, eles ainda faziam carvão com a madeira. Exploraram a floresta até não poder mais...

Ao lado, havia uma vitrine com restos de louças, vidros, cerâmicas e outros objetos encontrados por arqueólogos nas fazendas antigas. Como sempre, dona Sandra achava tudo uma beleza.

— Olha que porcelana linda!

— Mas, mãe, *tá* tudo quebrado. Vamos embora! — disse Ludi.

— Espera aí, filha. Olha esta maquete aqui, que bacana!

Era uma representação do Maciço da Tijuca com todos os pontos importantes do parque. Era só optar por algum e apertar um botão que se acendia uma luz apontando a localização exata na maquete. Seu Marcos foi o primeiro a participar:

— Vamos ver onde é o Pico do Papagaio. Eu já fui lá.

Aí, é claro que os três foram procurar outros pontos.

— Pedra da Gávea!

— Pedra Bonita!

— Morro do Archer!

No final das contas, foi difícil tirar a turma dali. Depois de muita exposição, encaminharam-se para a porta de saída e se despediram do Darli.

— Tchau! Obrigado!

— Tchau! Boa trilha e, olhem, vou dar uma dica para vocês: para ver animais, como as cutias e os pássaros, é bom fazer o máximo de silêncio.

— Será que a gente encontra uma onça? — perguntou Ludi, esperançosa.

— Infelizmente, a última onça vista por aqui foi na década de 1980. Mas, olha, aqui tem macaco-prego, quati, preguiça, ouriço, tamanduá, tucano... Só não pode dar comida nem tocar em nenhum animal silvestre, combinado?

Trato feito, Centro de Visitantes visitado, mapa na mão, agora era pé na trilha! Desceram um pouco pela estrada de asfalto e logo viram a placa indicando o início. Enfim a aventura começava! O caminho era de terra, estreito e com mata por todos os lados. O Rafa ia na frente, lendo as regras de visitação do parque:

— Regra número um: não peguem em nada: folhas, troncos ou pedras. Pode ter uma cobra, uma aranha ou, pior, um escorpião escondido.

— Puxa, mas isso *tá* parecendo museu, que não pode tocar em nada — reclamou Ludi.

— Nada de jogar lixo na mata. E nada de arrancar plantas, nem uma florzinha sequer.

— Marquito, acho que vou fazer um folheto de regras assim lá em casa. Nada de tênis na sala, nada de toalha molhada na cama... — cochichou dona Sandra.

— Agora, vamos ficar bem quietos para ver os animais — decretou Chico.

Não havia mais ninguém na trilha, só os Manso cercados de árvores antigas, com mais de cem anos, altas, muitas com barbas-de-velho, umas com troncos lisos, outras com troncos cascudos.

— Mãe, por que não fazem a barba das árvores?

— Xiu, quieta, Ludi!

O sol batia nas folhas e a brisa fazia os galhos balançarem como se saudassem os novos aventureiros. Era impressionante pensar que, havia poucos minutos, estavam no maior engarrafamento, respirando monóxido de carbono, ouvindo buzinas, e agora caminhavam no meio da floresta, sem pensar em nada, somente eles e a natureza.

— Gente, isso é o máximo! Como não fizemos esse passeio antes?

— Xiu! Mãe, assim os animais vão fugir.

A turma queria um verdadeiro safári, mas os pais não fechavam a matraca.

— Crianças, estamos aqui usufruindo dessa natureza graças ao trabalho de homens do século XIX. Essas árvores têm mais de um século! É um legado que deixaram para nós!

— Pai, quieto!

De repente, ouviram umas vozes mais à frente e se depararam com um grupo de turistas japoneses que tirava fotos sem parar. O que será que despertava tanta curiosidade? Um tucano? Um macaco-prego? Nada disso: simplesmente uma... jaqueira, e bem carregada de frutas.

— Puxa, jaqueira tem em todo lugar...

Andaram mais um pouco e, de súbito, Rafa viu o primeiro animal cara a cara.

— Olha! Um quati! — disse, sussurrando.

A turma tentou um contato com o bicho de nariz pontudo e rabo comprido.

— Oi, seu quati.

— Você está com fome?

— Infelizmente a gente não pode dar comida para você... É proibido.

Enquanto conversavam, Rafa conseguiu tirar umas fotos, mas quando o bicho percebeu que daquele mato não ia sair coelho, isto é, ninguém ia dar nem um pedaço de pão velho para o pobre, deu meia-volta e correu para o matagal.

— Acho que ele ficou chateado...

Caminharam mais um pouco, até que a turma encontrou a famosa ponte pênsil. Todos andaram sobre ela, muito corajosos. E o líder da trilha registrou a família no momento mais esperado do passeio.

— Uau! Que máximo!

— Pensei que ela fosse maior.

— Para mim, ela balança um pouco... — disse dona Sandra, deixando escapar um medinho.

Porém, de um minuto para outro, quando já estavam todos quase na outra extremidade da ponte, baixou mais uma vez aquela cerração.

— Caramba! A névoa de novo!

— Mas esta parece pior. Eu não estou enxergando ninguém!

— É uma concentração de nuvens muito maior do que aquela — disse dona Sandra.

— Meninos, segurem bem nas cordas da ponte e vamos esperar a nuvem passar antes de voltar a caminhar — recomendou seu Marcos.

A névoa forte durou mais uns minutos até que se dissipou um pouco. Só que, quando voltaram a enxergar à sua volta, todos perceberam que não seguravam mais corda nenhuma. Estavam em terra firme.

— Ué, cadê a ponte, cadê a pedrona e o precipício que tinha aqui embaixo???

— Será que a ponte é tão curta assim?

A turma virou para trás e não viu ponte nenhuma! A neblina ainda atrapalhava a visão, mas a floresta também parecia outra, cheia de uns tocos de árvores, com pouco mato e uma estrada de pé de moleque. Rafa não perdeu tempo e tirou umas fotos.

— Talvez isso seja uma mudança de cenário — comentou dona Sandra, lembrando-se do grupo de teatro.

— Deve ser... Eu só não sabia que teatro de rua tinha essa produção toda.

— Ou será que agora viajamos no tempo mesmo? — indagou Chico, já sacando a sua lente de aumento.

— Ah, não, filho, a gente já sabe que isso é teatro. Não vamos cair nessa de no...

Antes que seu Marcos terminasse a frase, um sujeito passou correndo ligeiro, segurando alguns feixes de lenha nos braços. Ao mesmo tempo, ouviram um trote de cavalo e um grito ao longe:

— Parem em nome do Governo Imperial!

O homem parecia tão afobado que, sem querer, deixou cair algumas lenhas e fugiu feito um louco. Em seguida, surgiram dois guardas a cavalo, armados e gritando para a turma:

— Em nome do Governo Imperial, vocês estão presos!

— Pai, mãe, isso não é teatro!

— Viajamos no tempo de verdade!

O MISTERIOSO MAJOR ARCHER

SEU MARCOS E DONA SANDRA não se convenceram daquela volta ao passado:

— Presos?! Acho que esse teatro está indo longe demais!

— É proibido o corte de árvores na Floresta Imperial! Vocês terão de pagar uma multa ou irão para a prisão.

— Mas nós não cortamos árvore nenhuma. A gente parou aqui por causa do nevoeiro e um ator, sei lá quem, deixou essa lenha cair.

— Sei... todos dizem a mesma coisa. O senhor foi pego em flagrante! E ainda pondo a família toda para catar lenha!

— Senhor, nós estávamos passeando e aí baixou uma bruma, uma cerração forte, e, quando nos voltamos, a ponte pênsil tinha desaparecido.

— Ponte o quê? — perguntou o guarda, fazendo para o outro um sinal de que eles pareciam loucos.

— Mãe, pai, a gente veio parar no passado. Vocês ainda não perceberam? — cochichou Rafa.

Os guardas começaram a examinar o grupo de cima a baixo.

— Vossas Mercês são muito estranhos! Vossas roupas, essas cousas nas costas — disse um deles, apontando para as mochilas. — Vamos levá-los até o administrador da floresta!

— O Major Archer? — perguntou Ludi.

— Não, filha, o major foi administrador da floresta no século XIX!

— Vejo que vossa filha está bem mais informada do que os senhores. Em que século o senhor pensa que estamos? — perguntou o guarda, irritado, deixando claro que portava uma arma daquelas de madeira, digna de museu.

— O senhor acaba de me esclarecer: estamos no século XIX — disse seu Marcos, engolindo em seco.

— Chega de conversa mole! Vamos andando!

Foram todos caminhando cercados pelos guardas. No caminho, a paisagem se tornou mais desoladora: em vez da floresta exuberante, viam-se cafezais, fazendas com casa-grande e senzala, alguns clarões e pouca mata. A cada trecho do caminho, seu Marcos e dona Sandra se rendiam às evidências:

— Acho que desta vez não é teatro mesmo.

— É impressionante a mudança da paisagem. Onde estão aquelas árvores todas?!

— Como diz a Marga, isso é uma praga! A gente só viaja para o passado! Nenhuma viagenzinha para o futuro — reclamou Ludi.

— Quietos! Não quero ouvir nem mais um pio! — gritou um guarda.

Andaram uns vinte minutos até o Sítio Midosi, um dos primeiros a ser desapropriado para a recuperação da floresta e que, então, servia de moradia ao major. Quando a família chegou, Rafa, Chico e Ludi logo reconheceram os seis escravizados ali sentados com trouxas nas mãos, com os olhos arregalados pra cima deles.

— Olha, pai! São eles: Maria, Matheus, Eleuthério...

A menina deu um tchauzinho que fez com que os seis arregalassem mais ainda os olhos.

— Parece que eles estão indo embora... — disse Chico, reparando nas trouxas amarradas em varas.

— Quietos! — bradou o guarda.

O alvoroço foi tão grande que o próprio Major Archer apareceu na varanda para ver o que acontecia: ele tinha uma barba *à la* Dom Pedro II, usava botas e trazia espada na cintura. Era um homem imponente, determinado, e parecia que ia resolver todos os problemas do mundo naquele minuto, mas, quando viu a família Manso, disse para si mesmo:

— Só me faltava essa! — dirigindo-se aos guardas, ordenou: — Soltem o grupo. Eles são primos do... Conde de Bonfim!

Dona Sandra e seu Marcos não entenderam nada: “primos do Conde de Bonfim”? Os guardas liberaram o grupo pedindo muitas desculpas. Os pais ficaram constrangidos com aquele mal-entendido, mas, ao mesmo tempo, felizes por estarem livres.

— Que bons ventos os trazem?! Entrem! Entrem! A casa é de vocês! — disse o major, muito receptivo.

Seu Marcos não acreditava no que acontecia: havia pouco, comentava com os filhos sobre a grande façanha do herói da Floresta da Tijuca e, agora, eram recebidos pelo próprio.

— Major, é uma honra conhecer o senhor. Meu nome é Marcos Manso e esta é minha família: Sandra, minha mulher; Rafa, Chico e Ludi, meus filhos.

— Muito prazer. Sentem-se.

Apesar das gentilezas, o major continuava com uma expressão de preocupação, como se tivesse hora marcada, mas o professor, tamanha a emoção, nem reparava.

— Major, o seu trabalho de reflorestamento é admirável! Excepcional! Com certeza o senhor será lembrado no futuro por esse feito.

— Senhor Marcos, poupe seus elogios, por favor.

— Mas o senhor merece. O senhor não faz ideia da importância do seu trabalho. Hoje em dia, podem não dar valor, mas o replantio será essencial para as gerações que virão. O reflorestamento é um marco do Império...

— Pois eu acho isso tudo uma grande baboseira — disse o major, de supetão.

As crianças riram, dona Sandra e seu Marcos não entenderam nada: será que o major era louco?

— Desculpe... baboseira? Como assim? — perguntou dona Sandra.

O major se levantou e se dirigiu ao meio da sala como se fosse dizer um "bife", uma fala longa de um personagem de teatro, tão longa que dá até para dormir e... talvez, roncar.

— O reflorestamento da Tijuca é primordial para a recuperação dos mananciais e para acabar com a crise da água, porém, depois de muito refletir, decidi abandonar essa empreitada.

Com uma declaração dessas, todos acordaram:

— Abandonar?!!! — disseram, em coro.

— Isso mesmo. Os seis escravizados que estavam fazendo o trabalho já estão velhos. Eu já estou velho. E tem outra coisa: a floresta é o maior exemplo da ganância desses barões do café. Exploraram o solo sem o menor cuidado. Arrasaram a terra cortando as árvores a golpes de machado. Exploraram os escravizados até a última gota de suor, para não dizer de sangue, e agora querem que poucos façam todo o reflorestamento?! Isso é um despropósito! E, para não deixar por menos, querem que o governo pague pelos terrenos esgotados?! Essas terras não valem um tostão furado! Esses barões são abomináveis, só pensam no lucro. Por isso eu desisti dessa peça — disse, inflamado —, ou melhor, desse reflorestamento.

Chico ficou intrigado com aquilo: como assim, desistir da "peça"? Esperto, o menino se lembrou do ator que fazia o personagem do major, o tal do "revoltado" que tinha sumido do grupo sem nenhuma explicação. O detetive não perdeu tempo: pegou a lente de aumento e se aproximou do suspeito.

— Desculpe, major, mas acho que vi uma mosca na sua barba...

— Na minha barba?! — disse o major, tentando se afastar do menino.

Sem perder tempo, Chico puxou a barba, que saiu facilmente em suas mãos.

— Ai, meu disfarce!

— Ah, eu sabia que você não era o major!

Os pais e os irmãos ficaram perplexos.

— Mas quem é você?!

— O detetive Aranha resolve mais um caso! Ele é o ator que interpretava o major no teatro de rua, ou melhor, no teatro de floresta.

— Fale baixo, as paredes têm ouvidos! — disse o sujeito, ajeitando a barba novamente.

— Isso é verdade? — perguntou seu Marcos, espantado.

— É — disse o falso major, recompondo-se. — Eu não disse nada porque fiquei com medo de vocês darem com a língua nos dentes.

— Mas como o senhor veio parar aqui?

— Ora, da mesma maneira que vocês. Pelo nevoeiro da ponte pênsil. Além de ligar duas margens, a ponte liga o passado ao futuro.

— Mas todos lá fora pensam que você é...

— Pelo jeito sou muito parecido com ele, ou eles necessitam de óculos urgentemente.

— Mas onde está o verdadeiro major? — perguntou Rafa.

— Ele foi ao sítio de Guaratiba pegar mais mudas. Antes de entrar em cena, eu o vi saindo. Só deve retornar amanhã, e até lá a Maria, os outros e eu vamos estar bem longe daqui.

— Mas como assim? Vocês vão para onde?

— Para qualquer lugar que não seja uma fazenda de café! Para o Quilombo do Leblon, para qualquer quilombo. O Rio é cheio de quilombos.

— Mas e todo o trabalho de reflorestamento?

— Isso é problema do verdadeiro major e do Barão do Bom Retiro. Eles que contratem trabalhadores assalariados! Chega de escravização! Esse Império é repugnante: a elite baila ao som de Strauss e finge que não há pessoas escravizadas lá fora nem fugas e movimentos de enfrentamento contra tudo isso! — dirigindo-se ao seu Marcos, acrescentou: — Muito mais relevante que o replantio é abolir a escravização! Esse, sim, vai ser um feito memorável: lutar pela liberdade dessas pessoas!

Depois desse discurso inflamado, o falso major respirou fundo e preparou-se para sair.

— Bom, foi um prazer conversar com vocês. Um abraço e a gente se vê.

— Mas quem vai fazer o reflorestamento?

O ator pensou um pouco e disse, colocando o chapéu:

— Por que não... vocês?!

Fez uma continência e se retirou de maneira triunfal, deixando os pais e os filhos boquiabertos e... com uma longa tarefa pela frente!

A FAMÍLIA ASSUME O REFLORESTAMENTO

Atordoada com os últimos acontecimentos, a família Manso ficou sem ação por alguns segundos, até que dona Sandra resolveu tomar uma providência.

— Marcos, crianças, vamos fazer alguma coisa, caso contrário... adeus, Floresta da Tijuca, adeus, trilha, adeus, bichos, adeus, água, adeus, tudo!

Os meninos e os pais correram até a varanda e viram o falso major já a postos, com os seis escravizados preparados para a partida.

— Major! O senhor não pode mudar a história! Isso trará consequências terríveis no futuro.

— Agora é tarde! Eu já mudei a história. Bom reflorestamento para vocês! — e falou aos seis: — Em frente, marchem!

Maria, Eleuthério, Constantino, Leopoldo, Matheus e Manoel seguiram o major sem muita convicção. Às vezes olhavam para trás, com aquela expressão de quem não está entendendo nada, e notavam que a família não tinha a menor cara de que sabia plantar sequer um pé de alface.

Diante daquela hesitação, Ludi resolveu apelar e gritou para eles:

— Se eu fosse vocês, fugiria também, mas, por outro lado, se forem embora, não vai ter estátua nenhuma de vocês na floresta! Aliás, não vai ter nem... floresta.

— Ludi, você acha que eles vão trocar a liberdade por uma estátua?

Mas, ao ouvirem o apelo da menina, os escravizados pararam a marcha.

— Parece que eles estão conversando. Não sabem se vão ou se ficam — disse Chico, vendo tudo pelo binóculo.

— Tudo por uma estátua!

Maria foi a primeira a interromper a caminhada e chamou os outros, deixando o "major" seguir sozinho.

— Aquela gente esquisita não sabe plantar nada... Se sairmos desse jeito, pode ser que nos denunciem.

— Mas é a nossa hora de fugir, Maria! O nhô major ficou doido e vai levar a gente prum quilombo — disse Eleuthério.

Constantino e Matheus se entreolharam e o primeiro disse:

— Já sei! A gente ensina como que se faz e depois foge!

— Combinado! — concordaram todos.

Enquanto isso, o falso major retornou furioso da sua marcha solitária:

— Mas o que houve?!

— Eles não sabem plantar, nhô major.

— Se não sabem, que aprendam!

— Mas quem vai ensinar?

— E se a gente explicasse como é que se planta? Não custa nada... — ponderou Maria.

O major notou que eles tinham razão, não custava nada mesmo.

— Está bem. Vamos lá ensinar, mas sem demora, que o verdadeiro major, quer dizer... que o tempo urge!

A família Manso, que acompanhou toda a negociação pelo binóculo do Chico, deu pulos de alegria.

— Eles estão voltando, pai!

— Será?

Quando chegaram diante da turma, o falso major tirou o chapéu daquela maneira teatral e disse:

— Seu Marcos, os meus amigos querem ajudar vocês no replantio. Eles querem ensinar como se faz o reflorestamento.

As crianças e os pais ficaram surpresos. "Ensinar?! Como assim?!", pensaram os cinco, mas dona Sandra tentou disfarçar:

— Ah... que bom...

Leopoldo e Manoel trouxeram as ferramentas — cavadeira, pá, garfo e ancinho, tudo tão velho que já poderia ir direto para o museu — e entregaram ao casal.

— Primeiro tem que tirar toda a raiz de café do chão e limpar a terra muito bem — disse Maria.

— Depois, tem que fazer as covas — completou Constantino.

— Covas?!!

— Cova é um buraco para colocar a semente — disse dona Sandra, revelando que tinha noção de jardinagem.

— Isso, sinhá, um buraco bem fundo, que a terra daqui *tá* seca.

— E depois tem que plantar as mudas, que fica tudo lá nos viveiros.

— Viveiros? Mãe, acho melhor gravar isso tudo no seu celular — cochichou Chico, perdido com tanta informação.

— Vamos levá-los até lá! — disse o major.

E foram todos em comitiva ver, pela primeira vez, o que era um viveiro. No caminho, seu Marcos tentou novamente fazer com que o falso major mudasse de ideia:

— Major, será que o senhor não poderia reconsiderar?

— Nem pensar! Eles já estão fazendo muito mostrando como funciona o reflorestamento para vocês. Depois disso, "liberdade ainda que tardia!".

Depois de descerem um trecho, chegaram ao viveiro e a turma ficou boquiaberta. Era como se fosse um berçário, só que de árvores. As plantas estavam enfileiradas em sacos e vasos e identificadas por etiquetas de papel: cedro-rosa, jacarandá, jequitibá, goiabeira-cascuda, canela,

pau-mulato, pau-ferro, uma variedade enorme de árvores da Mata Atlântica.

Os Manso sabiam que aquelas plantinhas tão pequenas iam crescer muito, algumas chegariam a ter mais de quarenta metros! Muitas iriam ter barba-de-velho e seriam casas de orquídeas, bromélias e um sem-fim de bichos.

— Pai, essas mudas vão virar aquelas árvores incríveis da Floresta da Tijuca, né?

— Acho que sim, filha. Estamos vendo onde tudo começou. Agora só falta alguém plantar.

Rafa perdeu a cerimônia e começou a tirar fotos.

— As mudas vieram lá das Paineiras e do sítio do nhô major — explicou Matheus.

Maria mostrou as mudas que já estavam prontas para serem transplantadas.

— Essas aqui já *tão* no ponto, já podem sair do viveiro. A gente bota as mudas no cesto e leva pras covas.

— Tem que usar os cestos de taquara e fazer os transplantes com cuidado, senão elas não vingam — disse Constantino.

— E onde a gente planta? — perguntou Chico.

— Nos barrancos dos rios. Ali mais pra cima, no Rio Cachoeira — mostrou Eleuthério.

— E depois de plantado?

— Tem que capinar todo dia, pra tirar os matinhos que podem abafar a muda, até a planta vingar.

Após toda essa explicação, o major não quis mais conversa e fez sinal de que já era hora.

— Bom, agora que vocês já sabem tudo muito bem, é hora de partir!

— Mas já? — perguntou Ludi.

— Poderia ter uma aula prática? — indagou Rafa.

— Não, crianças. Precisamos partir antes que... vocês sabem, não é?! Vamos, Maria, homens, a liberdade nos espera!

Todos se despediram agradecendo muito aquela aula preciosa.

— Boa sorte no quilombo!

— Boa sorte no plantio!

— Em frente, marchem!

Quando a família viu a tropa indo embora, percebeu que não tinha mais volta. Ludi se virou para dona Sandra e disse:

— Mãe, liga para o Herculano agora!

— Boa, Ludi! O Herculano entende tudo de planta! — gritou Chico.

— Não, deixa a Marga e o Herculano lá no piquenique deles. Acho que a gente entendeu tudo direitinho, não é, Marcos?

— Claro! Vamos lá, turma — disse o professor, arregaçando as mangas e pegando as ferramentas. — Vou capinar a terra com o Rafa. O Chico e vocês duas separam as mudas, o.k.?

— Combinado!

E foi isso que fizeram: seu Marcos capinou bem a terra,

depois abriu a primeira cova. Dona Sandra e as crianças escolheram as mudas e colocaram no cesto de taquara, tal qual os escravizados explicaram. Rafa tirou fotos de todas as etapas.

— Vamos plantar um jacarandá, um jequitibá e um pau-ferro.

Levaram as mudas com todo o cuidado até a plantação. Cada criança fez questão de plantar uma árvore.

— Mudinha, cresça bastante e vire uma árvore bem frondosa, mas sem aquela barba-de-velho — disse Ludi.

No final, seu Marcos jogou a terra nos buracos.

— Uau! Três árvores plantadas!

— Urru!

Os cinco se abraçaram e, no meio daquela comemoração, nem perceberam que um senhor barbudo, usando botas, casaca e espada, apareceu ali, montado no seu cavalo alazão.

— Pelas barbas de Dom Pedro II, quem são vocês?!

UM CHÁ PARA O MAJOR ARCHER

O CAVALEIRO ERA NINGUÉM MAIS, ninguém menos que o verdadeiro Major Archer! E ele não pareceu nada satisfeito ao se deparar com aquela gente esquisita plantando as mudas dele, no reflorestamento dele...

— Quem são vossas senhorias? E o que fazem na minha floresta? — perguntou, desmontando do cavalo.

As crianças e os pais, impressionados com a semelhança entre o falso major e o verdadeiro, emudeceram. A barba do ator era falsa, mas eles tinham os mesmos rostos, a mesma altura e o mesmo cabelo. Era cara de um, focinho do outro. Pareciam irmãos gêmeos, só que com um século e meio de diferença!

— Então, pelo que vejo, o gato comeu a língua de vocês. Ninguém se apresenta?

Seu Marcos finalmente se recuperou do susto.

— Major Archer, que honra conhecê-lo! — disse, emocionado por, finalmente, encontrar o verdadeiro herói da floresta. — Meu nome é Marcos Manso, esta é minha mulher, Sandra, e as crianças são nossos filhos. Nós passeávamos pela mata e resolvemos, ou melhor, pensamos em...

— Colaborar com o reflorestamento — socorreu dona Sandra.

— Colaborar? Vocês são voluntários, é isso?

— Isso mesmo! — disseram todos em coro.

O major não engoliu muito aquela história, mas percebeu que eram pessoas confiáveis.

— Muito bem, então precisarei anotar tudo no meu relatório para o Ministério da Agricultura. Tudo o que acontece aqui tem que ser anotado. Que árvores foram plantadas, quais os nomes de vocês. Tudo, tim-tim por tim-tim, precisa constar no relatório.

— Então o senhor pode pedir aí no seu relatório uma estátua para a família Manso? — perguntou Ludi. — Já plantamos três mudas!

— Estátua?! — indagou o major, sem entender o que a menina queria.

— Ludi! Não repare, major, ela está confusa. Foi muita emoção plantar uma árvore.

— Entendo... mas, senhor Marcos, por acaso vocês viram os meus escravizados? — perguntou, procurando-os ao redor.

Todos se entreolharam sem saber o que dizer.

— Vocês me escutaram? Eu perguntei: onde estão os meus escravizados?

— Pois é, major, essa é a notícia ruim. Sinto dizer, mas eles... fugiram!

— Fugiram?! Mas como?!

— Deram no pé! — disse Ludi.

— Picaram a mula! — explicou Rafa.

— "Sartaram" fora! — completou Chico.

— Não é possível!!!

O oficial quase caiu de susto. Seu Marcos e dona Sandra tiveram que ampará-lo.

— Filhos! Vocês querem que o major tenha um troço?!

O herói da floresta precisou se sentar de tão atordoado que ficou.

— Sandra, acho melhor levá-lo para dentro da casa.

— Boa ideia. Lá dentro eu faço um chá para acalmá-lo.

Os pais e as crianças ajudaram o oficial a se levantar.

— Vamos, major, um chá quente vai fazer bem aos nervos.

— Meus escravizados! E agora? Como vou recuperar a mata sozinho? — dizia ele, arrasado.

A turma levou-o para dentro da casa-grande e dona Sandra tanto procurou que achou umas folhas de camomila para acalmar os ânimos. O fogão era a lenha e as panelas, de barro e de ferro. Tudo pesado à beça.

— Caramba! Cozinhar aqui é como levantar peso na academia!

As crianças serviram a mesa, que era compriiiida toda vida, enquanto seu Marcos ouvia as lamúrias do major:

— Veja como são as coisas: eu me lamentava que tinha só seis escravizados e agora não tenho nenhum. Agora terei de seguir as Instruções Provisórias sozinho: plantar, cuidar dos viveiros, abrir os caminhos, administrar, tudo sozinho, ai de mim!

— Pois é... mas desde quando é bom trabalhar de graça? — perguntou Ludi.

— Cof! Cof! — seu Marcos começou a tossir bem alto tentando cobrir a fala da filha para evitar mais confusões.

Dona Sandra tinha frutas, bolo e biscoitos na mochila e chamou todos para o lanche.

— A mesa está servida, pessoal!

Ludi logo reparou nas xícaras de louça inglesa.

— Olha, mãe, não parece aquela xícara toda quebrada lá do Centro de Visitantes?

— É mesmo, filha!

O major, de tão aborrecido com a fuga dos escravizados, nem prestou atenção na conversa das duas.

— Como vou fazer tudo sozinho?... — lamentava-se.

A família Manso não podia contar ao major que um ator tinha aparecido por lá se fazendo passar por ele e que tinha levado os escravizados para um quilombo. Mas, enquanto seu Marcos inventava alguma coisa para dizer, o major se saiu com essa:

— Acho que nada disso vale a pena.

— Como assim, major?

— Esse reflorestamento está fadado ao fracasso. Aqui falta tudo, desde trabalhadores até material. Ninguém dá bola para esse trabalho. Creio que o próximo a fugir serei eu mesmo.

A família toda arregalou os olhos. O major ia desistir de tudo! E agora?!

— O que é isso, major! Nós ajudaremos o senhor — disse dona Sandra.

— A gente já plantou três árvores! — lembrou Chico.

— E podemos plantar mais! — empolgou-se Rafa.

— Papai disse que o senhor vai plantar mais de 100 mil mudas!

— Ludi!

— Quer dizer... — tentou se corrigir — ele acha que o senhor tem cara de que vai plantar 100 mil mudas...

— Ele acha, é?! Cem mil?! — o Major Archer riu da afirmação da menina.

Seu Marcos tentou explicar.

— É que o senhor é um homem tão... determinado e ama tanto as árvores, a silvicultura, que não é difícil fazer essa previsão.

O major se empolgou com o entusiasmo das crianças e dos pais. Tomou mais um gole de chá, andou até o centro da sala, meio dramático, como certo ator que conhecemos, e fez um pequeno discurso:

— Eu queria me desculpar diante de vocês. Não posso desistir agora, a floresta é a minha vida. Vocês, meninos, Ludi, seu Marcos, dona Sandra, me fizeram ver isso. Não tenho recursos para essa empreitada, é verdade, mas não vou abandonar o barco. O Governo Imperial não se importa com o reflorestamento, mas eu me importo! Se é para o bem geral dos mananciais, digam ao povo que farei o replantio!

— Muito bem! — exclamou a plateia, entusiasmada.

De repente, ouviram uma grande movimentação de carruagens e um vozerio de homens chegando.

— Será que estão trazendo meus escravizados de volta?

Deixaram a mesa e correram para a varanda. Chico pegou o binóculo e relatou o que via:

— Major, vem aí numa carruagem um senhor todo bem-vestido, usando cartola, acompanhado por um grupo de homens a pé.

— Será? Não pode ser! Deixe-me ver — disse, pegando o binóculo. — É o Barão do Bom Retiro! É ele com uns vinte homens! Não posso crer no que vejo! Pelas barbas de Dom Pedro II!

O barão acenou e gritou lá da porteira:

— Major Archer, eis aqui os seus trabalhadores assalariados!

OS TRABALHADORES ESTÃO CHEGANDO

— Veja esses homens, Archer. Eles vieram para trabalhar no replantio! — disse o barão, saltando da carruagem e falando com... o vento!

— Major Archer??!!

O major e a família Manso haviam corrido para saudar os trabalhadores e tinham se esquecido do barão.

— Eu não acredito! Pelas barbas de Dom Pedro II! Sejam bem-vindos!

— Fizeram boa viagem? Querem um copo d'água? Um chá? — perguntou dona Sandra.

— Vocês querem se sentar um pouco? Estão cansados?

Os trabalhadores ficaram sem jeito, nunca tinham sido tão bem tratados na vida.

— Obrigado! Estamos bem.

— Não acredito! Belisquem-me! Isso só pode ser um sonho! — gritava o major.

Ludi, para variar, falava o que não devia:

— Vou pedir ao major uma estátua de vocês também!

— Uma estátua nossa?! Puxa... — disse um dos trabalhadores, muito espantado.

Chico só queria se gabar de que já tinha plantado uma árvore:

— Plantei um jequitibá. Foi bizarro.

Rafa tirava fotos de todos, enquanto o barão ficou ali, sozinho, sem ninguém para paparicá-lo.

— É... pois é... eu os trouxe e...

Até que, finalmente, o major e os Manso se dirigiram ao barão:

— Couto Ferraz, meu amigo! Que surpresa maravilhosa! Não consigo acreditar!

— Pois é a mais pura verdade! São trabalhadores assalariados. Eles estão sob as suas ordens.

O major ficou com os olhos rasos d'água de tanta alegria, mas, como naquela época homens barbudos como ele não choravam, saiu-se com uma desculpa:

— Acho que entrou um cisco no meu olho... snif, snif.

— Calma, major! Agora está tudo bem!

Depois de se recuperar, Archer fez as apresentações:

— Couto Ferraz, estes são o senhor Manso, sua esposa e seus filhos. Eles são voluntários. E este é o grande responsável pelo reflorestamento: o Barão do Bom Retiro.

Todos se cumprimentaram, mas Rafa ficou com a pulga atrás da orelha.

— Espera aí... Quem mandou reflorestar a Tijuca não foi Dom Pedro II?

— Foi, meu jovem, o imperador assinou o decreto, mas primeiro foi aconselhado pelo Barão do Bom Retiro, ministro do Império e presidente do Instituto Imperial Fluminense de Agricultura — explicou o major, antes de se dirigir ao barão: — Vamos entrar e tomar um chá, caro amigo!

— Agradeço, mas fica para uma próxima oportunidade! Não posso me demorar. Agendei uma conversa com o Barão de Venceslau hoje mesmo. Há muito me esforço para desapropriar a fazenda dele. É um custo fazer nossos amigos entenderem a importância do reflorestamento para o Império, mesmo com essa escassez de água. Já usei todos os argumentos, mas... — disse o barão, desconsolado.

O major teve uma ideia:

— Quem sabe o senhor Marcos e sua família, nossos voluntários, não podem convencer o barão?

— Nós?!

— Claro! Vocês sabem da importância e da gravidade da situação. E, quando eu quase desisti de tudo, o senhor e sua família me encorajaram com palavras muito animadoras.

— Obrigado, major, mas o senhor já está com os seus trabalhadores e nós temos que... pegar o Caminho do Sertão para voltar para casa. É uma longa caminhada.

Família Manso

— Caminho do Sertão? Não diga! A fazenda do Barão de Venceslau é naquela direção — disse o Bom Retiro.

— Vamos lá, pai, mãe!

Seu Marcos e dona Sandra não queriam se envolver em mais confusões, mas, ao mesmo tempo, não custava nada. Quem está na chuva é para se molhar, como diria Marga.

— Está bem! Vamos então acompanhar o senhor, barão!

— Que bom! Quem sabe o argumento de um amigo de fora sensibilize o barão? Aliás, de onde mesmo vocês são? Seu sotaque é bem peculiar...

Enquanto os Manso se entreolhavam, Ludi abriu a boca para responder, mas dona Sandra foi mais rápida que a filha e salvou a lavoura do incêndio iminente:

— Viemos de além-mar, barão, e hoje moramos numa vila que fica na direção do sertão.

O queixo das crianças caiu com a cara de pau da dona Sandra, enquanto seu Marcos despistou despedindo-se do Major Archer com muitos abraços e promessas de uma nova visita.

— Adeus, major! Foi uma honra conhecer o senhor! Fique certo de que seu trabalho e de todas as outras pessoas vai ser lembrado no futuro — disse seu Marcos.

— Tchau, major, plante tudo direitinho! E não se esqueça da nossa está...

Antes que Ludi terminasse a frase, dona Sandra a interrompeu:

— Não se esqueça da gente, não é, filha?

— Não esquecerei! Mas espero que vocês voltem para plantar mais árvores! Como seu Marcos disse, devo passar uns bons anos recuperando a floresta, depois a força da natureza fará o principal!

A turma subiu na carruagem. Aperta um pouquinho aqui, um pouquinho ali, e o barão deu o sinal para o cocheiro:

— Vamos lá!

— Tchau, major!

— Adeus! Voltem quando quiserem!

Tudo muito bem, tudo muito bom, Major Archer com seus trabalhadores assalariados, Barão do Bom Retiro e família Manso com a missão de convencer o Barão de Venceslau da desapropriação das terras, mas está faltando uma dupla muito importante nesta história. Como será que anda o piquenique da Marga e do Herculano? Vamos lá ver?

UM PIQUENIQUE TEATRAL

Marga e Herculano nem imaginavam as peripécias que a família Manso enfrentava. Depois de deixar a tropa no Centro de Visitantes, seguiram até o Lago das Fadas.

— Não é lindo este lugar, Margarida?

— Muito! Parece até cenário de filme.

Perto dali havia uma área de lazer.

— Vem, vamos sentar perto daquela árvore. Podemos fazer o piquenique ali.

— Será que não tem bicho? — perguntou Marga, revelando seu temor.

Herculano achou graça.

— Tem micos, cutias e passarinhos, mas eles não chegam perto das pessoas. Não se preocupe, qualquer coisa eu te protejo, querida — falou com doçura, pegando a mão da Marga.

Os dois caminharam até as mesas e arrumaram tudo: toalha, pratos, talheres, copos e quitutes.

— Puxa, tem comida aqui para um batalhão!

Marga olhava à sua volta com medo. Ao menor movimento de planta ou bicho, já se assustava.

— Está tudo bem?

— Claro. Tudo bem... — disfarçou.

O aroma da comida abriu o apetite.

— Puxa, mas isso é um banquete, hein?!

— Vamos ver se você vai gostar do meu tempero — disse a cozinheira, cortando uma fatia do empadão de frango.

Herculano deu a primeira garfada e chegou a revirar os olhos, de tão gostosa que estava a comida.

— Marga, que delícia! Está maravilhoso! Nunca comi um empadão assim tão leve, tão saboroso. Está perfeito!

— Ah, Herculano, não exagera...

— Estou falando sério. Isto aqui *tá* muito bom — respondeu, dando mais uma garfada.

De repente, no meio do piquenique, aquela neblina, nossa velha conhecida, baixou sobre o casal, modificando o cenário.

— Ai, Herculano! Outro nevoeiro!

— Calma, Marga, já vai passar... É só uma nuvem...

A névoa foi passando, até que se foi por inteiro. Só que, do nada, surgiram bem à frente deles dois rapazes. O primeiro, de bigodão e cartola, estava bem-vestido, só que com roupas de antigamente. O outro, não tão alinhado, vestia calça e paletó simples e estava um pouco sujo de terra.

— Bom dia! Meu nome é Gastão Luís Henrique de Escragnolle — disse o mais elegante. — Sou administrador da Floresta da Tijuca, nomeado por Dom Pedro II!

Marga quase caiu para trás. Herculano também levou um susto, mas se lembrou da turma do teatro.

— Marga, é uma peça de teatro! Lembra?

— Será que é mesmo?!

— Claro que é!

Os dois jovens deram uma risadinha e o primeiro continuou sua fala:

— Desculpem-nos por ter assustado vocês. Que bom recebê-los aqui na minha floresta! Fui eu que transformei a floresta neste parque. Vocês sabiam?

Margarida, mais calma, lembrou-se da "aula" do seu Marcos e interrompeu o tal Gastão:

— Espera aí! Não foi o Major Archer que reflorestou tudo isto aqui?

Herculano se impressionou quando viu que a namorada sabia mais coisas sobre a floresta do que ele, que vivia por lá.

— Eu não sabia desse reflorestamento não...

— É que as fazendas de café destruíram uma parte grande da mata original — explicou Marga, orgulhosa de sua sapiência.

O jovem não perdeu o rebolado e continuou sua fala:

— O Major Manoel Gomes Archer foi o primeiro e mais importante administrador da floresta. Ele trabalhou arduamente, com poucos recursos, e fez este excepcional trabalho de restauração da mata verdejante. Plantou várias espécies e fez um viveiro de mudas. Sou o segundo administrador da Tijuca e, na minha gestão, a crise da água já tinha sido resolvida. Por isso mesmo, dei outro enfoque ao trabalho: queria transformar a floresta num parque público, onde todos pudessem vir passear, longe da canícula da cidade. Então fiz as áreas de recreação, os caminhos para passeios, os lagos e embelezei as grutas e as cascatas que vocês podem visitar por aqui.

— Não diga! Então o major replantou e o senhor arrumou e enfeitou?

— Exato, mas também plantei árvores e plantas nesse embelezamento, algumas exóticas, como o eucalipto. Vocês repararam? Em várias estradas do parque há aleias de eucaliptos.

— É verdade... mas aposto que o senhor só mandou plantar, e quem trabalhou mesmo nem teve reconhecimento — disse Herculano.

— Era justamente... o que eu ia dizer... — disse atrapalhado, mas depois continuou. — E, para realizar esse trabalho de transformar a floresta em parque, convidei o senhor Glaziou, nosso famoso paisagista do Império, que criou estas verdadeiras obras de arte. E ele está aqui ao meu lado.

— Bom dia, meu nome é Auguste François-Marie Glaziou. Sou um botânico francês e vim para o Rio de Janei-

ro em 1858 trabalhar como paisagista. Projetei o jardim da Quinta da Boa Vista e reformei vários parques, como o Campo de Santana e o Passeio Público. Aqui na Tijuca criei os caminhos, os jardins e os lagos da floresta, como aquele ali, o Lago das Fadas.

— Não diga! Gosto muito daquele lago — disse Herculano — e adoro os jardins da Quinta.

— Mas, me desculpe, seu *Glazu*... — interrompeu Marga.

— É Glaziou, um nome francês — disse o rapaz, fazendo um bico.

— Sei. Então, seu *Glazu* — continuou Marga, fazendo bico também —, por que o senhor está todo sujo de terra?

— Ah, é que adoro mexer com plantas. Antes de ser botânico e paisagista, sou um jardineiro. Aprendi tudo com meu pai. Quando cheguei ao Brasil, ao Rio de Janeiro, fiquei tão entusiasmado com a flora que vivia explorando as matas e restingas até tarde da noite. Houve uma vez até que não me deixaram subir no bonde, de tão sujo que estava.

O Barão de Escragnolle se aproximou e retomou a fala:

— Glaziou é considerado o pai do paisagismo no Brasil! Mas, voltando à floresta, queríamos torná-la um lugar aprazível, para as pessoas apreciarem a natureza, passearem e também fazerem piqueniques como esse aí de vocês — disse, olhando com olhos gulosos para o empadão de frango —, que, aliás, parece muito gostoso...

Os dois jovens não conseguiam disfarçar a fome e olhavam tanto para a comida que Marga e Herculano resolveram convidá-los para lanchar.

— Não. Nem pensar. Não queremos atrapalhar... — respondeu Escragnolle, educadamente.

— Estamos aqui a trabalho...

— A gente sabe, rapazes. Vamos, deixem essa história de teatro pra lá e venham lanchar, que a comida da minha querida Margarida é uma maravilha! — disse Herculano, puxando os dois para a mesa.

— Claro, tem comida para todo mundo! E saco vazio não para em pé! — reforçou Marga.

— Bom, já que vocês insistem... Meu nome é Alberto, mas todo mundo me chama de Bocão. Prazer.

— O meu é Juliano, mas podem me chamar de Barriga. Prazer.

O casal achou graça dos apelidos, mas não perguntou nada. Os atores se sentaram e, de início, foram comedidos, servindo-se só de um pãozinho de queijo.

— Que delícia!

— Muito gostoso.

— Só isso? Não querem uma fatia de empadão?

— Bom, já que a senhora insiste...

Enquanto eles comiam, Marga e Herculano queriam ouvir mais histórias sobre a floresta.

— E além do Lago das Fadas, o que vocês fizeram?

— Nós fizemos... é, bem... o Glaziou e o Barão de Escragnolle fizeram pontes, mirantes, recantos, tudo para embelezar e facilitar o acesso das pessoas.

— Que interessante. Então tudo isto aqui foi planejado — disse Herculano, que até então pensava que aquela floresta era obra só da natureza, sem interferência do homem.

— Foi. A única coisa triste é que, quando o Império acabou, a floresta foi esquecida pela população.

— Esquecida? Como?

— Foi abandonada. A República acreditava que ela lembrava o Império de Dom Pedro II e a elite dos barões do café. A floresta não teve os cuidados necessários e a mata foi crescendo, crescendo e encobrindo tudo, inclusive as pontes, os lagos e as grutas que eles construíram. O parque caiu no esquecimento durante uns quarenta anos.

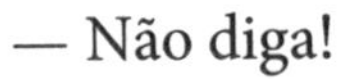

— Não diga!

De repente, no meio da conversa, surgiu outro ator em cena, vestindo roupas de equitação, com um chicotinho e tudo.

— Bom, dia! Sou Raimundo de Castro Maya! Sou o administrador da Floresta da Tijuca!

— Outro?! — espantaram-se Marga e Herculano.

Os dois atores, ao verem o terceiro — que também era o diretor do grupo —, pararam de comer e se levantaram, assustados.

— Diretor?!

— Eu não acredito! Bocão, Barriga! Vocês estão comendo o piquenique dos visitantes mais uma vez?! — perguntou, irritado.

— É que eles insistiram...

— É verdade. Fomos nós que convidamos — confirmou Herculano.

O diretor continuava possesso.

— Como diria Hamlet, "Se todos fossem tratados como merecem, quem escaparia do chicote?" — disse, mostrando o próprio.

— O senhor vai bater neles? Coitados! — protestou Marga. — Foi a gente que insistiu. Eles estão muito magrinhos.

— Desculpe, minha senhora, mas esses dois estão sempre com fome, por isso seus apelidos são Bocão e Barriga.

O primeiro tentou se explicar:

— Calma, diretor. Nós já falamos o texto. E estávamos conversando exatamente sobre o abandono da floresta no período da República...

— Íamos falar agorinha sobre o senhor, quer dizer, sobre o Castro Maya — completou Barriga.

— Bom, então voltem ao trabalho! Há várias famílias visitando o parque.

— Mas eles nem acabaram o empadão e ainda tem o bolo... O senhor não quer representar a sua parte da peça pra gente? — perguntou Marga.

— Eu?

— É, diretor, pode falar! Somos todo ouvidos — insistiu o Bocão, bem irônico.

— Sei... acho que você é "todo boca", isso sim — respondeu o chefe, com vontade de esganá-lo.

O grupo voltou a se sentar e o diretor, ainda irritado, tentou se concentrar para lembrar-se do texto:

— Meu nome é Raimundo de Castro Maya, sou empresário e um apaixonado pela cidade. Passei a infância toda aqui e vi o abandono deste local maravilhoso do Rio de Janeiro.

Enquanto dizia o texto, o diretor aproveitou para se aproximar dos dois atores que comiam sem cerimônia.

— A Floresta da Tijuca estava abandonada, sem nenhum cuidado. Aos poucos, a mata escondeu todo o embelezamento feito pelo "grande" Barão de "Estrangole" e seu ajudante "genial" *Glaziouuuu* — disse, segurando e balançando o pescoço dos rapazes.

— Calma, diretor! Cof, cof!!!

— Oh, mil perdões!

Marga e Herculano ofereceram suco para os atores enquanto o diretor, sem se preocupar com o engasgo dos glutões, continuou sua interpretação:

— Foi, então, que o prefeito Henrique Dodsworth me convidou para dirigir o parque e restaurar a floresta. Um grande desafio e sem nenhuma remuneração. Aceitei sem pestanejar.

— Sem ganhar nada? — perguntou Marga.

— Na verdade eu recebia 1 cruzeiro por mês. Um pagamento simbólico, pois eu era rico, rico, rico de marré deci, por isso podia doar meu tempo e meu trabalho a minha adorada floresta.

— E o que o senhor fez?

— Recuperei tudo! Foi um trabalho intenso. Com a ajuda de sessenta homens, abri novamente os caminhos tomados pela mata. Depois, remodelei grutas, reformei a praça da cascatinha e mandei fazer um belo painel de azulejos com um mapa do parque. Vocês o viram? Reformei a Capela Mayrink e a decorei com quadros de Portinari doados pelos moradores do Alto da Boa Vista. Reformei também a casa do "grande" Barão de "Estrangole" — disse, tentando de novo estrangular o Bocão, que se desviou dele rapidamente —, que hoje abriga o restaurante Esquilos. E trouxe para cá muitas outras obras de arte que estavam se perdendo lá embaixo na cidade, como a famosa Fonte Wallace. Depois de dois anos de trabalho, tenho a satisfação de dizer que hoje, em 1946, recebemos a visita de mais de 5 mil pessoas num único fim de semana aqui em nosso parque!

— Puxa, o senhor está de parabéns! — comentou Herculano.

— Obrigado!

— Quantas histórias tem essa floresta!

— Mas por que é que o senhor está vestido assim? Vai cavalgar?

— Ah, é que sou um amante do esporte e da equitação. Na minha época se podia andar a cavalo aqui e criei uma pista de obstáculos bem no meio da floresta.

— Bom, agora que o senhor terminou todo esse trabalho, que tal comer um pãozinho de queijo?

O diretor ficou num impasse hamletiano: “Comer ou não comer? Eis a questão”. Sentia fome, mas tinha acabado de repreender os dois atores. Marga decidiu acabar com o dilema:

— Se o senhor não comer, será uma desfeita para mim!

— Então, se é assim, não vamos brigar. Vamos ao piquenique!

E sentou-se entre os dois jovens atores, talvez para provar as guloseimas, talvez para esganar a dupla.

Assim correu, meio amalucado, o piquenique da Marga e do Herculano, com muita história recheando o bate-papo de uma trupe esfomeada!

UM ENCONTRO COM JOSÉ DE ALENCAR

Vamos voltar ao século XIX? Cartola na cabeça e leque na mão! Andem pela ponte pênsil e tomem o primeiro nevoeiro!

Pronto! Aí estão a família Manso e o Barão do Bom Retiro chacoalhando na carruagem a caminho da fazenda do Barão de Venceslau. Eles passam por um trecho descampado, sem árvores, arbustos, nem sombra, nem nada.

— Vejam isso, meus amigos — disse o barão. — Reparem como a mata foi destruída. Precisamos cessar essa derrubada antes que a floresta vá inteira abaixo.

— É uma tristeza mesmo.

— O senhor acredita que vai conseguir desapropriar todas as fazendas desta região?

— Temos de tentar! Começamos esse trabalho em 1854, antes mesmo do replantio do Archer, em terrenos próximos de nascentes. Conseguimos algumas desapropriações. Mas todas as propriedades particulares por aqui têm de acabar, para uma melhor conservação da água e da mata.

Dona Sandra e seu Marcos chegaram a se espantar com o pensamento progressista e avançado do Barão do Bom Retiro.

— Precisamos mudar a mentalidade dos fazendeiros que se acostumaram a destruir as nossas matas. Isso vem do tempo da Colônia. A antiga corte não tinha nenhum apreço pelas árvores, tanto que o Paço Imperial e a Rua Direita não têm um arbusto sequer para enfeitá-los e refrescá-los... Nós, do Instituto de Agricultura, vamos levar esse ideal para todo o país: ensinar novas práticas de plantio. A restauração da floresta é só o começo!

Rafa, Chico e Ludi iam atrás na carruagem. O mais velho só queria fotografar e ouvir a conversa dos adultos. Enquanto isso, os dois menores pensavam em planos mais selvagens para despejar os barões e suas fazendas da Tijuca.

— Temos que pensar em alguma coisa.

— Pode pensar com calma, Ludi. Pelo andar da carruagem, a gente não chega nessa tal fazenda tão cedo — disse o irmão, bocejando.

— Já sei! Vamos buscar a onça da Trilha da Cova da Onça e soltar em cima deles.

— Se liga, Ludi! Como é que a gente vai pegar uma onça sem ser atacado? Na unha? Na coleira?

Ludi pensou, refletiu, analisou, sacudiu bem a cabeça para ter alguma ideia até que...

— É mole! A gente pega um pedaço de carne e coloca num saco para montar uma armadilha. E aí, batata: a onça vai entrar lá para comer a isca e nós aproveitamos para amarrar o saco. Depois, soltamos a fera na fazenda, bem na cara do barão. Que tal?

— Legal, mas você já combinou isso com a onça?

Sem desconfiar dos planos mirabolantes das crianças, distraído com seus sonhos de reflorestamento, o Barão do Bom Retiro viu um conhecido passeando e pediu que o cocheiro parasse.

— Vejam quem está ali!

— A onça? — perguntou Ludi.

Era um jovem de barba e óculos cavalgando solitário.

— Ora, ora, ora, se não é o ilustre amigo José de Alencar! — disse o barão.

— Couto Ferraz! Como tem passado?

Ao ver ali ao lado um dos mais importantes escritores do Brasil, dona Sandra levou um susto tão grande que quase caiu da carruagem. Seu Marcos teve de segurar a mulher antes que ela "atacasse" o Alencar.

— Mas é o autor de *O guarani*... de *Iracema*... — disse, emocionada.

— Calma, Sandrinha...

Aquele era simplesmente o Pai da Literatura Brasileira! O escritor se aproximou do grupo.

— Como vai, meu amigo barão? Bom dia, senhora, senhor, meninada!

O Couto Ferraz fez as apresentações:

— Este é o escritor, cronista e dramaturgo José de Alencar. E esta é a família Manso.

— Muito prazer! Eu li todos os seus livros! Como o senhor está... jovem! — disse dona Sandra, estendendo a mão.

— Muito obrigado, mas já sou um senhor de quase 30! Os anos passam...

— Que faz por aqui? Cansou da Rua do Ouvidor? — perguntou o barão.

— Recuperando-me de uma tuberculose, meu amigo. Mas já estou quase bom. Recomendações médicas: ar puro e salubre das montanhas! "Esta montanha é encantadora! E a natureza a colocou a duas léguas da corte. Aqui tudo é puro e são, respira-se à larga!" Penso até em escrever um romance sobre a floresta.

— *Sonhos d'ouro!* — disse dona Sandra, pensando alto.

— Bom nome para um romance! — impressionou-se o escritor.

— É melhor passear lá pela Cascatinha Taunay, onde ainda há mata, meu caro Alencar — comentou o barão.

— É verdade! Quis ver com meus próprios olhos o que o homem fez com as serranias da Tijuca. Estou pasmo! Por que esse ódio às árvores? "Tudo pela cobiça de um lucro insignificante?" Você e o Major Archer estão de

parabéns! Penso em ir até os viveiros para congratulá-lo pessoalmente.

— Claro. Ele ficará muito feliz.

— Bom, é hora de seguir caminho! Boa tarde! Até mais ver!

E o escritor foi-se embora, cavalgando como um personagem dos seus livros.

— Eu não acredito que conversei com o José de Alencar...

Andaram mais um pouco e, finalmente, chegaram à entrada da fazenda do Barão de Venceslau. O capataz dormia a sono solto, mas abriu a porteira depois de um bom grito do cocheiro:

— Boa tarde!!!

Como em toda fazenda de café, havia uma casa-grande, a senzala, escravizados trabalhando, um terreiro para a secagem dos grãos, tanques para a lavagem, um monjolo para descascar e socar o café, só que... não havia café!

TINHA UM BARÃO... TEM AINDA

A FAMÍLIA SE ESPANTOU com aquela pasmaceira da fazenda: não havia um único grão de café secando ou ensacado. Os burros ali parados nem se lembravam mais que viviam descendo a Tijuca para transportar o café para o porto da cidade. Enquanto isso, os patos, galinhas e porcos passeavam fuçando a terra do quintal, como a se perguntar "cadê o café que estava aqui?".

— Como assim, não tem café? — espantou-se o Rafa.

— A falta de cuidado no plantio exauriu a terra, empobreceu os solos e, agora, a fazenda não consegue produzir mais nada — explicou Couto Ferraz.

— Ué! Então por que ele não vende logo a fazenda?

— Boa pergunta, meu jovem!

Saltaram da carruagem e foram recebidos por uma criada.

— Bom dia, sinhô barão! Podem entrar. O seu Venceslau já vem!

Dentro da casa era só luxo e riqueza: móveis da França, lustres da Baviera, um grande piano alemão no centro do salão, esculturas de santos, pinturas, prataria e cristais. Parecia até um museu! Havia também uma saleta, ao fundo, com animais... empalhados! Pacas, tatus e cutias, sim, senhor! Pássaros, macacos, preguiças, quase todos os bichos da mata estavam ali, imóveis. E, sobre o lindo assoalho de madeira da saleta, tapetes de pele de onça! Aos olhos da família do século XXI, aquela era uma sala dos horrores. Se um fiscal do Ibama chegasse ali, seria cana na certa para o dono da casa.

— Mãe, pai, o que é isso?! — perguntou Ludi, horrorizada.

— No passado, depois que os primeiros naturalistas chegaram ao Brasil, virou moda entre algumas pessoas da corte manter o seu próprio "gabinete de curiosidades" em casa. Eles gostavam de empalhar os animais, juntar fragmentos de rochas, colecionar besouros e outros insetos...

— Creio que tem gente que ainda gosta dessas coisas...

Chico pegou sua lente de aumento e ficou bisbilhotando a saleta. Rafa estava tão chocado que nem se animou a fotografar.

— Deve ter sido esse barão caçador-empalhador que acabou com as onças da Tijuca. Olha só quantas peles de bichos...

— Vamos sair daqui, filhos. Esta sala é um pouco sinistra — disse dona Sandra.

O Barão de Venceslau apareceu todo alinhado, trajando uma linda casaca, um lenço no pescoço, calças apertadas e botas.

— Couto Ferraz! Como vai?

— Boa tarde, barão! Como tem passado? Permita-me lhe apresentar a família Manso.

O barão olhou para a turma de cima a baixo e quase deixou escapar o que pensava: "Quem são esses pés-rapados?". Mas se limitou a dizer:

— Boa tarde. Como vão?

— Foi o senhor que matou esses animais todos? — perguntou Ludi, indignada.

— Sim! Fui eu mesmo. Sou o melhor caçador da floresta. Este é o meu cômodo preferido da casa — revelou, animado.

— Como teve coragem?!

— Ah, essas feras não me assustam! — respondeu o barão, sem entender a indignação da menina.

Os pais perceberam que era melhor mudar o rumo daquela prosa e tirar a filha dali.

— Ludi, você viu que piano maravilhoso?

— O senhor tem uma linda casa! Que belos quadros! — comentou seu Marcos.

— Ah, obrigado! Na verdade, prefiro os meus bichinhos... Mas, por favor, vamos sentar — convidou o barão, encaminhando todos para a sala de estar.

Depois de um café, Bom Retiro, finalmente, foi ao assunto:

— Meu caro Barão de Venceslau, viemos aqui para falar sobre a desapropriação da sua fazenda. O Governo Imperial quer adquirir mais terras para acelerar o replantio e assim preservar os mananciais. A cidade está sem água!

— Sei. Entendo... Desculpe-me a franqueza, barão, mas não acredito muito nesse reflorestamento: um major e seis escravizados? Isso nunca dará certo...

— Agora contamos também com trabalhadores assalariados. Tudo vai de vento em popa, só nos faltam mais terrenos. Precisamos da floresta de volta!

Seu Marcos também argumentou:

— Permita-me perguntar, barão: suas terras já não se esgotaram?

— As terras estão descansando, senhor Marcos. Dentro em breve, plantarei milho ou algodão. A propriedade me é muito cara, ela pertence à minha família há várias gerações. Minha filha e eu somos muito apegados a isto aqui. A não ser que o Império tenha alguma outra proposta, melhor do que a última, a nos fazer...

Venceslau tinha acabado de dizer, com todas as letras, que queria mais dinheiro, *money*, tutu, grana, bufunfa!

— Então continuamos na mesma. Infelizmente, o Governo Imperial só pode dispor daquela quantia... 50 contos de réis — lamentou Couto Ferraz.

Depois desse breve diálogo, houve um silêncio de tristeza tão grande no salão que se ouvia até o cacarejar das galinhas lá fora. Até que o Venceslau sugeriu:

— Vamos ouvir música? Que tal? — e gritou na direção do corredor: — Tesouro do papai, venha alegrar as visitas!

Dali a pouco entrou na sala uma mocinha de vestido longo, com os cabelos presos num lindo penteado e uma expressão simpática, serena. Trazia um livro na mão.

— Esta é minha filha: sinhá Luisinha — dirigindo-se a ela, pediu: — Toque para nós, coração.

A menina interpretou uma tocata de Bach com tanta emoção que surpreendeu a todos. Depois, se levantou, deu um beijo na testa do pai, pegou o livro e fez menção de voltar lá para dentro. Quando a moça já saía da sala, dona Sandra perguntou:

— O que você está lendo?

— É *O guarani*, de José de Alencar. Não consigo parar de ler! O amor de Peri por Ceci é a coisa mais linda!

— Ela não é um doce? — babou o Venceslau. — Pode ir para o seu quarto, coração.

Todos acharam a filha do barão uma flor, mas Ludi ficou com o livro que ela estava lendo na cabeça: "Se a Luisinha gosta tanto desse escritor apaixonado pela floresta, quem sabe ela é a favor do reflorestamento?". A marquesa chamou os irmãos para um canto.

— Rafa, Chico, já que a filha do barão é fã do José de Alencar, quem sabe ela não é também a favor do reflorestamento?

— É verdade! E pelo jeito o barão faz tudo por ela. Mas como vamos falar com a Luisinha sem ele notar?

Os três pensaram, refletiram, balançaram bem a cabeça, até que brotou uma ideia.

— Já sei! — disse Chico. — Vou distrair o Venceslau pedindo que me conte alguma história de pescador, ou melhor, de caçador.

— Boa! Enquanto isso, a Ludi vai lá falar com a Luisinha.

Dito e feito: os irmãos voltaram para o centro da sala bem animados.

— Barão, como foi que o senhor caçou aquelas onças? O senhor não teve medo?

Os pais estranharam aquela curiosidade do filho, mas o Venceslau adorou.

— Ah, vou contar para vocês... Foi assim...

Enquanto isso, Ludi saiu pela casa adentro procurando o quarto da moça.

— Caramba, que casa grande! Qual será o quarto dela?

Até que a encontrou na varanda, lendo em uma cadeira de balanço.

— Dá licença, sinhá Luisinha, posso falar um minuto com você?

— Claro, minha pequena!

— Adivinha quem nós encontramos na estrada quando estávamos a caminho daqui?

— Não tenho ideia...

— O tal José de Alencar!

A menina abriu a boca, admirada.

— Jura? O escritor deste livro está aqui na Tijuca?! Não pode ser!

— É verdade. O Alencar disse que adora isto aqui e que acha o trabalho do Major Archer muito legal. Pena que o seu pai não quer ajudar a recuperar a floresta... Ele falou lá na sala que vocês são muito apegados à fazenda. Acho que foi por isso que não aceitou o dinheirão que o Governo Imperial ofereceu para comprar as terras... Pena mesmo, nunca mais teremos de volta as matas onde Peri e Ceci podiam namorar — disse Ludi, com cara de choro.

Ao ouvir o comentário da menina, aquela doce criatura ficou uma arara, ou melhor, virou onça, e saiu correndo até a sala. Ludi correu atrás, sentindo cheiro de vitória no ar.

Luisinha adentrou a sala de estar soltando os cabelos e os bichos.

— Papai! Papai! O senhor tem de vender a fazenda! — bradou, mostrando as garras.

Acuado como presa fácil, o Venceslau só perguntou:

— Mas, filhinha, o que houve?! Que bicho a mordeu?

— Nenhum, porque você matou todos!

Luisinha pegou o contrato das mãos do Bom Retiro e o estendeu ao pai.

— Assine já, papai, por favor, senão eu... fujo de casa! Queimo todos os seus "bichinhos" e não toco mais piano!

Venceslau não reconhecia mais a filha. Aquele poço de candura de uma hora para outra tinha se transformado numa adolescente revoltada ou, pior, em uma fera enjaulada. Teve tanto medo da filha fugir que assinou o contrato sem pestanejar.

— Pronto! Feito!

A menina colocou as botas, pegou o chapéu e se despediu de todos.

— Aonde você vai, assim, sozinha, tesouro do papai?!

— Vou ajudar no reflorestamento! Não me esperem para jantar.

E saiu galopando pela Tijuca, o tesouro, tal qual uma personagem de José de Alencar.

DESPEDIDA DO REFLORESTAMENTO

Já na porteira da fazenda, dona Sandra, seu Marcos, Couto Ferraz e as crianças ainda viram o desalento do Barão de Venceslau na varanda. Os pais perceberam que ali tinha o dedo da Ludi e dos meninos.

— Eu só disse para a Luisinha que a gente viu o José de Alencar cavalgando, aí ela teve aquele chilique todo... — explicou-se Ludi.

— Daqui por diante, quero que vocês venham comigo em todas as negociações para desapropriação de terras — disse o Barão do Bom Retiro, com um sorriso de orelha a orelha.

— Pode contar com a gente!

— Onde vocês querem ficar? Daqui a pouco vem o nevoeiro das cinco horas e ninguém mais se acha por aqui...

Surpresos com a previsão do tempo, os Manso responderam em coro:

— Nevoeiro?!

— Sim, claro, no final da tarde sempre baixa a cerração na floresta. Andar e cavalgar tornam-se uma dificuldade nessa hora.

A família percebeu que aquela era "a" oportunidade de voltar para casa.

— Barão, o senhor poderia nos deixar perto do Caminho do Sertão?

— Claro! Cocheiro, toca para o Sertão!

Durante o trajeto, sacolejando na carruagem, Rafa conferiu as primeiras fotos que havia feito quando chegaram ao século XIX. Por isso, quando passaram pelo local certo, ele logo o reconheceu.

— É aqui mesmo! Olha o pé de moleque!

O Barão do Bom Retiro estranhou o ponto escolhido.

— Vocês querem mesmo ficar aqui, no meio do nada, perto de lugar nenhum?

— Aqui está ótimo, barão.

Todos saltaram e se despediram de Couto Ferraz.

— Barão, foi um prazer, e parabéns pelo projeto de reflorestamento!

— O prazer foi meu. Muito obrigado pela grande ajuda que me deram! Mas andem logo! Cuidado com a cerração!

O barão e seu cocheiro foram embora e os Manso procuraram o lugar exato da ponte.

— Pai, mãe, olhem ali as lenhas que aquele homem deixou cair! — gritou Chico.

— É mesmo! Vamos ficar bem aqui e esperar pelo nevoeiro.

Ficaram a postos no local, mas nada de bruma, nada de nevoeiro, nada de cerração...

Até que, de repente, baixou a maior neblina de todos os tempos e ninguém mais se viu.

— Bem que o barão avisou...

— E agora? Como a gente vai achar a ponte? — perguntou dona Sandra.

— Pai, a lanterna pode ajudar!

— Gente, todos em fila indiana, que nem jardim de infância! Eu vou na frente — disse seu Marcos. — Preparados?

— Sim! Estamos!

— Adeus, barões do café! Adeus, Major Archer! — despediu-se Ludi, já com uma ponta de saudade.

Andaram em frente, às cegas, até que seu Marcos sentiu o chão começar a balançar, as ripas de madeira sob os pés e, ao seu lado, a corda que servia de corrimão.

— Achei a ponte!

VOLTANDO PARA CASA

Os Manso andaram com todo o cuidado sobre a ponte enquanto a neblina foi passando, dissipando-se. Quando viram, já estavam no século XXI.

— Conseguimos!

— De volta ao presente!

Olharam para a mata densa, verde, vibrante. Mal podiam acreditar na modificação da paisagem. Ouviram as águas dos rios, o cantar dos pássaros, a algazarra das cigarras. Viram o sol batendo nas folhas e respiraram o ar puro da montanha reflorestada. Quando chegaram à terra firme, foi um verdadeiro delírio familiar: correram, gritaram e abraçaram as árvores como se fossem pessoas queridas.

— Como é bom encontrar vocês de novo!

— Que saudades!

— Eu *tô* gostando até das suas barbas-de-velho!

As árvores balançavam tanto com a brisa que pareciam agradecer os afagos.

Depois da fúria amorosa, dona Sandra suspirou e disse:

— Bom, agora vamos para casa!

— Puxa, mãe, mas a gente não fez trilha nenhuma!

— É verdade!

— Mas, filhos, fomos parar no século XIX, ajudamos no reflorestamento e vocês ainda pensam em trilha?

— Nem pensar! Chega de aventura! Sábado que vem a gente volta — disse seu Marcos, encerrando o assunto.

— Vamos beber uma água fresca e voltar ao Lago das Fadas para encontrar a Marga e o Herculano — lembrou dona Sandra.

Apesar das trombas dos meninos, seguiram para o lago e viram o casal de mãos dadas, conversando animadamente.

— Olha lá os pombinhos! — brincou Rafa.

— Será que já teve beijo? — perguntou Ludi, um pouco mordida de ciúmes.

— Ih, Ludi, deixa a Marga em paz!

A família se aproximou do casal e a marquesa correu para o colo da Margarida.

— Ê, finalmente vocês chegaram!

— Como foi a trilha?

— Nem te conto, Marga. Você não vai acreditar... — disse dona Sandra, quase desmaiando de cansaço.

— Sobrou alguma coisa aí do empadão? A gente não come nada desde o século XIX! — brincou Chico.

— Tem, sim! Recebemos uns convidados de surpresa, mas sobrou muita coisa. Aliás, está tudo uma delícia — respondeu Herculano, abraçando a Margarida.

Enquanto comiam os quitutes, os meninos contaram as aventuras do falso Major Archer, do verdadeiro, da fuga dos escravizados e da participação deles no reflorestamento.

— Eu plantei um pau-ferro! — gritou Ludi.

O Herculano não acreditou muito naquela volta ao passado. Achou que era imaginação deles. "Afinal, com um pai professor de história..."

Mas o Rafa tinha fotografado tudo e mostrava as imagens, todo orgulhoso.

— Olha aqui os trabalhadores assalariados chegando.

— Dessa vez eu escapei! — comentou Marga, impressionada.

Herculano continuava incrédulo:

— Sei não... Vocês têm certeza de que não eram atores? Aqui apareceram três.

— É, pode ser que fossem todos atores... — disse seu Marcos, tentando disfarçar.

De repente, derrepenguente, quem apareceu para se despedir daquela turma e, quem sabe, fazer uma boquinha? O Bocão e o Barriga? Não! Aquele quati do começo da trilha! Lembram? Ele saiu do meio do matagal remexendo o nariz pontudo com uma fome de anteontem.

— Olha o quati! — Rafa apontou.

Ao ver o bicho, Margarida soltou um grito de medo que se ouviu lá no portão de entrada da floresta.

— Aaahhhhhh!

Foi um deus nos acuda! O quati, assustado, voltou rapidinho para o mato. O Herculano acudiu a namorada:

— Marga, era só um quati...

— Desculpe... — disse, envergonhada. — A verdade é que eu morro de medo de bichos... Quase não vim por causa disso — confessou.

— Não tem problema, minha flor. Você veio! Olha, semana que vem a gente vai... a Copacabana, caminhar no calçadão. Que tal?

Depois de todos se refazerem do susto, perceberam que já era hora de voltar para casa.

Enquanto o fusquinha serpenteava pela estrada descendo a floresta, as crianças continuaram a se lembrar dos lances mais engraçados daquela tarde sem nem reparar que, ao seu redor, as árvores se despediam, balançando os galhos com a brisa, desejando que eles voltassem em breve para mais uma aventura na Floresta Imperial.

REFERÊNCIAS BIBLIOGRÁFICAS

ALENCAR, José de. *Sonhos d'ouro*. São Paulo: Ática, 1981.

CEZAR, Paulo Bastos; OLIVEIRA, Rogério Ribeiro de. *A Floresta da Tijuca e a cidade do Rio de Janeiro*. Prefácio: Antonio Callado. Rio de Janeiro: Nova Fronteira, 1992.

HEYNEMANN, Cláudia. *Floresta da Tijuca: Natureza e civilização no Rio de Janeiro, século XIX*. Coleção Biblioteca Carioca. Rio de Janeiro: Divisão de Editoração da Prefeitura da Cidade do Rio de Janeiro, Secretaria Municipal de Cultura, Departamento Geral de Documentação e Informação Cultural, 1995.

INSTITUTO TERRA BRASIL. *Trilhas do Parque Nacional da Tijuca*. Rio de Janeiro, 2004.

A marca FSC® é a garantia de que a madeira utilizada na fabricação do papel deste livro provém de florestas que foram gerenciadas de maneira ambientalmente correta, socialmente justa e economicamente viável, além de outras fontes de origem controlada.

Esta obra foi composta em Bodoni Roman e Minion Pro e impressa pela Gráfica HRosa em ofsete sobre papel Alta Alvura da Suzano S.A. para a Editora Schwarcz em fevereiro de 2025